Eifel-Trauma

Peter Splitt

Eifel-Trauma

Machandel Verlag

2015

Machandel Verlag
Charlotte Erpenbeck
Cover-Bildquelle: www.shutterstock.com
Sonstige Grafik: div. Künstler/www.shutterstock.com
Druck: booksfactory.de
Haselünne
1. Auflage 2015
ISBN 978-3-939727-95-8

PROLOG

Sie war nicht gerade das, was man eine Schönheit nennen konnte. Die hellblonden Haare hingen ihr in fettigen Strähnen wirr ins Gesicht. An ihrer Kleidung klebte Schmutz aus getrockneter Erde und Laub. Eigentlich bot sie keinen Anblick, der einen Mann auch nur irgendwie dazu reizen konnte, sie näher zu betrachten. Aber wenn man die Strähnen aus dem Gesicht wischte, sahen einen schöne, leuchtende hellblaue Augen an, zwischen denen die Nase eher ein wenig zu klein wirkte. Der wohlgeformte Mund war jetzt verzerrt und offenbarte ein paar volle Lippen, die vor Unsicherheit zitterten.

Der junge Mann wischte das Blut ab, das dem Mädchen aus dem Haar über die rechte Schläfe sickerte, die Wange hinunterlief und dann einen roten Faden auf ihrem Hals bildete. Warum musste sie sich auch so anstellen, diese blöde Kuh. Sie hatte doch genau gewusst, was er von ihr wollte, als er sie gefragt hatte, ob sie mit ihm in den Wald ginge. Und diesmal wollte er es ganz besonders genießen.

Langsam, die Finger schon am Hosenbund, suchte er einen geeigneten Platz, wo er ungestört und einigermaßen bequem mit der Kleinen weitermachen konnte, als er plötzlich etwas sah, das ihn stutzig machte.

Erde. Und zwar frische Erde, in einem Quadrat von etwa zwei Metern. Wie bei einer Grabung ausgehoben und anschließend wieder festgetreten und geglättet, lag sie über den Waldboden verteilt. So etwas konnte weder von einem Hasen noch von einem Fuchs stammen. Hier war eindeutig von Menschenhand gegraben worden, das war für ihn ganz klar. Aber warum sollte jemand in einem einsamen Waldstück, dazu noch im dicht verzweigten Dickicht, eine Grube ausheben? Das hier wirkte sehr merkwürdig, um nicht zu sagen, gefährlich. Mit einem Mal verspürte er keinen Drang mehr, sich die Hose aufzuknöpfen. Seine ganze Vorfreude war wie weggeblasen. Was sollte er tun? Zurück rennen und jemanden alarmieren? Aber dann müsste er die Anwesenheit des Mädchens und ihre blauen Flecken und die Platzwunde erklären. Die Leute im Dorf würden über ihn reden, so wie sie es immer taten, und seine Mutter würde furchtbar böse auf ihn sein. Also beschloss er, lieber selber nachzuschauen.

Vorsichtig, mit gespitzten Ohren und klopfendem Herzen, ging er weiter, das nun noch mehr verängstigte Mädchen, das seine veränderte Stimmung falsch interpretierte, mit festem Griff hinter sich herziehend. Zum Glück hatte er ein Taschenmesser bei sich. Ein kleines, rotes, aufklappbares Ding, mit stumpfer Klinge, das ihm einmal sein Vater geschenkt hatte. *So ein Messer ist immer gut, mein Junge*, hatte er vor langer Zeit zu ihm gesagt. *Damit kannst du schneiden, schrauben und Dosen öffnen. Verliere es nicht, es könnte sogar einmal dein Leben retten.* Wenn sein Vater damals gewusst hätte, wozu er das Messer wirklich gebrauchte …

Also holte er das väterliche Taschenmesser aus seiner Jackentasche, klappte die kleine Klinge auf und stocherte damit in der verstreuten Erde. In der Mitte war eine Vertiefung. Sie schien die Struktur eines Grabens zu haben. Sie war mit Blättern und Farnen bedeckt worden. Mit seinem Fuß schob er das Grünzeug etwas beiseite und starrte in die Vertiefung. Zuerst sah er nicht viel. Da war nur eine Anhäufung von trockenen Zweigen. Geheuer war ihm die Sache trotzdem irgendwie nicht. Das hier gehörte nicht in einen Wald. *Was ist das für ein Erdloch, aus dem es feucht-schimmelig und streng riecht?*, dachte er.

Dann wurde ihm klar, dass diese Zweige etwas verdecken sollten ... was immer sich auch darunter befinden mochte ... und seine Finger krallten sich fester um den Griff des Taschenmessers. Allerdings kam er sich mit dem Ding doch ziemlich lächerlich vor. Das Mädchen hielt er nach wie vor mit seiner linken Hand an den Handgelenken fest, aber wie sollte er jetzt diese verdorrten Äste beiseite schaffen? Also steckte er das Messer wieder ein und zog mit der freien rechten Hand an den Zweigen. Das Mädchen hinter ihm stieß einen lauten Schrei aus. Ein schmutziges Etwas lugte aus dem Reisig hervor. Voller Angst zerrte das Mädchen an seinem Arm, wollte sich losreißen, doch der junge Mann hielt es eisern fest.

Er starrte auf seinen Fund, halb erschrocken, halb fasziniert. Es war eine skelettierte Hand, die an einem langen Unterarmknochen hing. Nur der Unterarmknochen, nichts weiter. Das Teil musste schon eine Weile hier gelegen haben, denn von Fleischresten war so gut wie nichts mehr vorhanden. Aber wozu dann die frisch ausgehobene Erde?

Ein paar Knochen brachte ihn nicht gleich aus der Fassung, ganz im Gegensatz zu der Kleinen, die jetzt haltlos zu schluchzen begann. Er kannte so etwas von den vielfachen Untersuchungen und Beobachtungen her, die er an Tieren durchgeführt hatte. Es war nur einfach Wut, die er empfand, weil ihm jemand ganz gewaltig in seine Pläne gepfuscht und ihm somit die ganze Vorfreude genommen hatte. Was zum Teufel sollte er jetzt bloß mit der Kleinen anfangen, die ihn mit laufender Nase und aus weit aufgerissenen Augen halb hysterisch anstarrte?

Sichtlich genervt blickte er auf die blassen Knochen. Ein verirrter Sonnenstrahl ließ etwas aufschimmern. Er bückte sich etwas nach vorn, um besser hinschauen zu können. Die Glieder einer feinen Kette schlängelten sich über die skelettierte Hand. Er streckte schon die Hand aus, zögerte dann aber. Irgendwie war dies doch nicht dasselbe wie ein präpariertes Tier. Der junge Mann suchte nach etwas, womit er die Kette abstreifen konnte. Über ihm hing ein dünner Zweig, den brach er ab und berührte damit vorsichtig die Knochen. Es gelang ihm nicht gleich. Beim dritten Versuch allerdings hatte er die Kette abgestreift. Als er sie hochhob, entdeckte er an ihrem unteren Ende so etwas wie ein Medaillon. Er schob mit dem Daumen die anhaftende Erde beiseite und betrachtete es näher. Es war ein Taijitu, jenes schwarz-weiße Symbol für Yin und Yang. Ohne weiter darüber nachzudenken, steckte er das Schmuckstück in seine Hosentasche und zog das verstörte Mädchen mit sich aus dem Wald.

Erstes Kapitel

27. Mai 2013

Die meisten Bewohner des gemütlichen Eifelstädtchens Bad Münstereifel überfiel ein überschwängliches Gefühl von Erleichterung, wenn sie in ihren Heimatort zurückkehrten. Das lag an der Tatsache, dass ihr heiß geliebter Heimatort abseits der großen Hauptverkehrsadern des Rhein-Main Gebietes lag. Menschen aus der Großstadt mochten Bad Münstereifel als einen Ort am Ende der Welt bezeichnen, wo sich Fuchs und Hase gute Nacht sagten, die Einwohner jedoch gaben ihrer ländlichen Idylle den Vorzug vor den Betonsiedlungen in Köln oder Frankfurt. Sie liebten ihre Stadttore, die Burg, die antiken Häuser und genügend interessante Einkaufsmöglichkeiten gab es auch, wie die Touristen gerne bestätigten.

Roger Peters war nach Bad Münstereifel gefahren, um das neue City Outlet zu besuchen. Wohlwollend vermerkte er, dass hier intelligente Städteplaner am Werk gewesen waren. Sie hatten die Markenshops in die historische Altstadt integriert und bewusst drauf verzichtet, ein anonymes Center irgendwo auf eine grüne Wiese am Stadtrand zu setzen.

Er hatte die Geschäfte gemäß der Wunschliste seiner Freundin Edith abgeklappert, war jetzt müde und wollte auf dem schnellsten Weg zurück nach Köttelbach. Das heißt, einen Einkauf hatte er noch zu erledigen. Edith wollte mehrere Knäuel von einer bestimmten Strickwolle, die es nur in dem kleinen Handarbeitsladen in Blankenheim gab. *Also dann, nichts wie hin, nach Blankenheim.*

Er zwängte sich hinter das Lenkrad seines kleinen, offenen Sportwagens, setzte den Blinker und fuhr in Richtung Heisterbacher Tor davon. Am Orchheimer Tor bog er in die Trierer-Straße ein und erreichte gerade den Kreisel vor der Bundesstraße, als ein roter Traktor mit Anhänger plötzlich von der Seite her auf ihn zugerollt kam. Fluchend stieg Roger in die Eisen. Welcher Volltrottel von einem Sonntagsfahrer übte hier Verkehrshindernis? Na, dem würde er ein paar Takte zu sagen haben.

Aber die Schimpftirade erstickte im Keim. Aus der Fahrerkabine grinste ihn ein wohlbekanntes Gesicht an: Herbert Hase aus Kelberg. Der Bauer griff nach der Kappe, die er immer auf seinem Kopf trug, und winkte ihm erfreut entgegen. Roger parkte den MG am Seitenrand, sprang lässig über die Fahrertür und ging auf den Trecker zu. Was in aller Welt hatte Herbert ausgerechnet hier in Bad Münstereifel zu suchen?

Er war dem alten Kauz zum ersten Mal begegnet, als er vor drei Jahren in die Eifel kam, um seine neue Flamme Edith zu besuchen. Da hatte ihn Herbert vom Straßenrand aufgegabelt und auf seinem Trecker mit nach Kelberg-Köttelbach genommen, wo Edith wohnte. Und seitdem waren sie quasi Nachbarn. Herbert war ein lebenslustiger Bursche, der gerne einen über den Durst trank und stets für einen ausgiebigen Plausch zu haben war.

„Kann man den keinen Schritt tun, ohne dass du einem über den Weg läufst? Du hättest mit deiner Mühle beinahe meinen Roadster plattgefahren", begrüßte Roger den Eifelbauern.

„Hi, Roger", grüßte Herbert zurück. „Du weißt doch: Ist der Roadster platt wie ´n Teller, war der Traktor wieder schneller."

Er lachte herzhaft. Roger fand seinen Kommentar weniger lustig. Er betrachtete das Treckergespann. Sein Blick fiel auf den Anhänger, der mit einer großen, wasserdichten Plane überzogen war.

„Was ziehst du da eigentlich hinter dir her?", fragte er.

„Das ist ein Lastzug, was? Ich hab mir gerade `ne Ladung Zuckerrüben abgeholt. War ein echtes Schnäppchen. Deshalb bin ich auch extra hier raus gefahren. Der alte Lohmann wollte die Dinger einfach nur loswerden, und mir helfen sie, mit meinen Viechern über den Winter zu kommen. Komm doch nachher noch auf einen Schluck bei mir vorbei. Ich habe einen neuen Obstbrand da!"

Dabei kniff er vielsagend ein Auge zu. Roger grinste vor sich hin, wusste er doch, das Herbert heimlich Schnaps brannte. Und der war nicht von schlechten Eltern. Der Kater allerdings auch nicht, den man hinterher bekam.

„Ich komme gern später noch bei dir vorbei, Herbert, aber zuerst muss ich nach Blankenheim, was für Edith besorgen. Wir sehen uns, bis später."

„Alles Roger, Roger." Herbert grinste und schwang sich wieder auf seinen Trecker, während Roger zusah, dass er die Kurve kratzte. Wenn man Herbert zu viel Zeit gab, quatschte der einen buchstäblich fest.

Das vertagte er lieber auf nach dem Einkauf. Ganz ohne würde er wohl nicht davonkommen, so etwas nannte man Nachbarschaftspflege. Auch wenn Herbert gewaltig nerven konnte, zumindest erfuhr man bei ihm immer den neusten Klatsch aus dem Dorf.

Herberts Hof war einer der größten in Kelberg, und damit wahrlich nicht zu übersehen. Gerade, als der Bauer mit schnellen Schritten auf den Trecker mit dem Anhänger zuging, den er in der Nähe seiner Stallungen abgestellt hatte, lenkte Roger den grünen MG auf den großen Hofplatz. Herbert blieb sofort stehen, als er das dumpfe Motorengeräusch des englischen Roadsters hörte, und drehte sich um. Roger parkte seinen Wagen in gebührendem Abstand zu dem Treckergespann. Herbert kam auf ihn zu, klopfte ihm leutselig auf die Schultern, zeigte auf den Anhänger und sagte stolz: „Warte, ich zeig dir schnell noch die Zuckerrüben. Beste Qualität, kann ich dir sagen! Danach musst du meinen Schnaps probieren."

Sofort machte er sich daran, die Schnüre zu lösen, mit denen die Plane auf dem Anhänger befestigt war. Vorsichtig deckte er zunächst die vordere Hälfte ab und ging dann hinter den Anhänger, um den Rest der Plane aufzurollen. Dabei summte er gutgelaunt die Melodie irgendeines alten Schlagers vor sich hin. Roger wollte ihm gerade zur Hand gehen, als er einen Schrei des Entsetzens hörte. Er sah, wie Herbert die Plane losließ. Dann wankte der alte Mann ein paar Schritte zur Seite, beugte sich nach vorn und übergab sich. Roger zuckte kurz der Gedanke durch den Kopf, ob die

Rüben wohl verdorben waren. Er trat an die Seitenwand des offenen Anhängers und sah hinein. Oben auf der Ladefläche lag inmitten unzähliger milchig-gelber Knollen der Körper einer jungen Frau. Und der eine Blick genügte, um zu sehen, dass sie tot war. Roger starrte benommen auf die groteske Szene, während Herbert keuchend auf dem sandigen Boden hockte. Die Frau war nackt. Obwohl ihr schlanker Körper eigenartig verdreht und schmutzig zwischen den Rüben lag, konnte Roger dennoch ihre Schönheit erkennen. Um ihren Hals trug sie eine Kette mit einem schwarz-weißen Anhänger. Ihr rechter Arm hing in einem unnatürlichen Winkel über die Rüben. Die roten Striemen auf ihrem Körper, der klaffende Schnitt an ihrem Hals und die weit aufgerissenen, leblosen Augen sprachen eine eindeutige Sprache.

„Ermordet", sagte Roger fassungslos. Erst als Herbert mit dünner Stimme fragte: „Und jetzt?", kam wieder Leben in ihn. Er drehte sich um und rannte zu seinem Sportwagen, wo er sein Handy im Handschuhfach liegen hatte.

Es dauerte keine halbe Stunde, da wimmelte der Hofplatz von Polizisten und Kriminal-Technikern in weißen Overalls. Die flüchtige Begutachtung der Leiche durch Hauptkommissar Kurt Laubach war nur wenig mehr als bloße Routine. Der Anhänger war nicht der Tatort, soviel war von vornerein klar. Dafür war nicht genug Blut auf den Rüben. Und für alle weiteren Schlussfolgerungen fehlten der Polizei einfach noch die Daten.

Ein weiterer Beamter mit breiten Schultern und verspiegelter Sonnenbrille löste sich aus einer Gruppe von Polizisten und gesellte sich zu Roger Peters, der mit dem arg mitgenommenen Herbert etwas abseits des Geschehens stand.

„Sie schon wieder!", sagte er zu Peters und schob sich seine Polizeimütze in den Nacken. „Jedes Mal, wenn es in unserem Bezirk einen Toten gibt, ist der Herr Peters nicht weit vom Fleck."

Er musterte Roger und Herbert abfällig. „Wissen Sie zufällig wer die Kleine ist?", fragte er barsch.

Roger Peters nagte an seiner Unterlippe und zuckte mit den Achseln.

„Keine Ahnung, Herr Sigismund. Im Übrigen bin ich hier nur zu Besuch."

Sigismund wandte sich an Herbert, der immer noch verstört am Boden hockte.

„Ihr Treckergespann?"

Herbert nickte, sagte aber keinen Ton. Es war offensichtlich, dass es ihm nicht gut ging. Sigismund ging zu dem Anhänger und steckte seine fleischigen Hände in die Zuckerrüben.

„Und das hier?" fragte er. Noch immer sagte Herbert keinen Ton.

„Das sind Zuckerrüben, Herr Sigismund, das sehen Sie doch", warf Roger Peters ein.

„Wissen Sie etwas davon? Ich meine, wann und wo er den Hänger beladen hat und so weiter …?"

„Und so weiter weiß ich gar nichts. Ich habe den Herbert kurz nach Mittag in Bad Münstereifel getroffen. Und da hatte er den Anhänger schon dabei. Allerdings war er mit einer Plane abgedeckt gewesen."

Sigismund tat, als würde er nachdenken.

„Und wann hat er ihn beladen?", fragte er nach einer Weile.

„Heute Morgen beim Bauer Lohmann", sagte eine piepsige Stimme an seiner Seite. Herbert hatte sich aufgerappelt und versuchte nun, der Konversation zu folgen.

„So, so. Beim Bauer Lohmann also. Na, das wird sich ja überprüfen lassen. Und zwischendurch haben Sie nichts angerührt oder irgendwo Rast gemacht?"

Herbert schüttelte energisch den Kopf. „Wo denken Sie hin? Ich bin direkt von Bad Münstereifel zurück nach Kelberg gefahren. Ich wusste, dass Roger noch vorbeikommen und einen Kleinen nehmen wollte."

„Ach ja? . . . und dann noch Sportwagen fahren, was, Herr Peters?"

Sigismund konnte einem gehörig auf den Geist gehen. Zugegeben, er war auch nicht gerade der hellste. Nicht ohne Grund wurde er von Laubach nur Schwarzenegger genannt.

„Eigentlich hatte ich vor, den Hänger erst morgen zu entladen", sagte Herbert leise. „Aber ich wollte Roger die prächtigen Zuckerrüben zeigen."

„Hm?", grunzte Sigismund und fuhr sich mit der rechten Hand über seinen Dreitagebart. Es schien, als würde er nach weiteren Fragen suchen. Eine hatte er dann auch prompt gefunden.

„Wie weit ist es überhaupt von Bad Münstereifel bis hierher?", wollte er jetzt wissen.

„Etwa fünfzig Kilometer, also gut eine Stunde", antwortete Peters.

Sigismund warf ihm einen ungehaltenen Blick zu. „Lassen Sie den Mann mal selber antworten!" Er wandte sich wieder Herbert zu. „Und da fahren Sie extra hin, für ein paar Zuckerrüben?"

Herbert nickte. Aber es schien so, als beschäftigten sich seine Gedanken mit anderen Dingen.

Kommissar Laubach, den Roger noch aus seligen Schulzeiten kannte, kam zu ihnen herüber.

„Mensch, Roger!", sagte er. „Wir könnten uns auch mal unter anderen Umständen treffen. Schon wieder eine Leiche. Das ist eine verdammt unangenehme Sache!"

„Hören Sie, Boss, ich hab die beiden schon verhört", tat Sigismund sich wichtig. „Wenn Sie mich fragen, ihre Geschichte hört sich sehr merkwürdig an. Angeblich sind beide völlig unabhängig voneinander hinaus nach Bad Münstereifel gefahren."

„Na und? Was soll daran merkwürdig sein? Herbert hat Zuckerrüben geholt und ich habe das neue City Outlet besucht."

„Und da haben Sie sich zufällig getroffen, wie?"

„Ganz genau, Herr Sigismund, so ist es gewesen."

Laubach kannte seine Pappenheimer. Er winkte lässig ab. Sein Blick wanderte wieder hinüber zu dem Traktor, vor dem gerade eine silberne Limousine zum Stehen kam. Zwei Männer stiegen aus, öffneten die Heckklappe und zogen einen Zinksarg heraus. Damit gingen sie zu Herberts Anhänger, stülpten sich Gummihandschuhe über ihre Hände, hoben die Leiche in den Metallbehälter und brachten sie weg.

„Weiß man schon, auf welche Weise sie umgekommen ist

Kloppe?", fragte Roger seinen alten Schulfreund. Es klang
beinahe wie etwas völlig normales, als Laubach antwortete:
„Sieht ja wohl ganz danach aus, als wäre sie durch diesen
Halsschnitt zu Tode gekommen. Warten wir mal die Obdukti-
on ab."

Roger wollte etwas erwidern, schluckte es aber herunter.

Zweites Kapitel

28.Mai 2013
8.30 Uhr

Das Polizeirevier in Daun zeichnete sich an normalen Tagen nicht gerade durch eine übertriebene Betriebsamkeit aus, aber heute war nun einmal kein normaler Tag. Kaum waren die ersten Informationen über die tote Frau an die Öffentlichkeit geraten, da wurde die Kleinstadt in der Vulkaneifel bereits von Zeitungsleuten überschwemmt. Sie bevölkerten die ortsansässigen Hotels und warteten gierig auf Neuigkeiten. Die Eifrigsten unter den Reportern hatten umgehend den Eingang des Polizeireviers in Beschlag genommen. Bei jedem Öffnen der Türe fluteten ihre Rufe und Fragen zu den genervten Beamten hinein. Ein hübsches junges Mädchen war ermordet worden, und es bestand durchaus die Möglichkeit, dass sie nicht die erste war, die ein brutaler Lustmörder auf dem Gewissen hatte.

Der einzige in der Umgebung, der den Trubel mit betonter Gelassenheit hinnahm, war Kommissar Kurt Laubach. Er hatte die Kollegen in Bad Münstereifel gebeten, Bauer Lohmann zu befragen und sich in Kelbach und den umliegenden Ortschaften umzuhören, ob jemand in Bezug auf die weibliche Leiche eine Beobachtung gemacht hatte. Danach hatte er die Zeitungsreporter mit einer ausdruckslosen Miene empfangen und sie auf den späteren Pressetermin verwiesen. Jetzt wartete er mit gespielter Ruhe auf den Bericht von Förster, dem erfahrenen Techniker der KTU. Niemand wusste, wie tief es in ihm brodelte, während er versuchte, nachzudenken und Fäden zu knüpfen, die, wie er hoffte, irgendwann zu einem Ergebnis führen würden.

Er hatte sich in seinem Büro verschanzt. Dies war einfach eingerichtet und nur mit den notwendigsten Dingen ausgestattet. Schreibtisch, Drehstuhl, zwei Besucherstühle, Aktenschrank und eine Landkarte der Eifel an der Wand. Auf persönliche Gegenstände hatte Laubach bewusst verzichtet. Ihm lag nichts daran, irgendwelches private Zeug aufzustellen. Familie hatte er keine, noch nicht einmal eine feste Freundin. Im Moment wenigstens nicht, und die Fotos seiner vielen Ex-Frauen hatte er allesamt verbrannt. Abgesehen davon hätte auch ein Foto den Platz hier nicht schöner gemacht.

Vor ihm lag ein geöffneter Ordner. Die abgelaufenen Absätze seiner schwarzen Schuhe wippten auf dem Drehkreuz seines Bürostuhls. Der Stuhl war nicht mehr der Jüngste und wackelte bedenklich unter seinem Gewicht.

Sigismund kam in sein Büro und legte ihm ein Packstück auf den Tisch. Laubach schob den wackligen Stuhl etwas zurück und beäugte das Paket missmutig.

„Was soll das sein, Schwarzenegger?" fragte er schlecht gelaunt.

Sigismund zuckte mit seinen breiten Schultern. „Keine Ahnung, Chef. Ist heute Morgen mit der Post gekommen. Auf dem Adressaufkleber steht: An die Polizei in Daun. Das sind wir doch, oder etwa nicht, Chef?"

Laubach schnaubte ungehalten. „Und da stellen Sie mir das Ding mitten auf den Schreibtisch? Sind Sie wahnsinnig? Sie haben wohl noch nie etwas von Terroristen gehört, wie? In dem Paket könnte eine Bombe sein! Erst neulich hat so ein Idiot bei uns angerufen, und wir haben das ganze Gebäude räumen müssen. Was, wenn er diesmal Ernst macht?"

„Es tickt aber nichts, Chef."

„Ich weiß, Schwarzenegger. Bei Ihnen tickt schon lange nichts mehr. Sie sollten mal so langsam im digitalen Zeitalter ankommen. Mensch, Mann, schon mal was von chemischem Zünder gehört? Oder gar von telefonischem Fernzünder? Sofort weg damit, in die KTU. Sollen die sich darum kümmern. Und vergessen Sie das Meeting nicht. Heute ist Mittwoch. Ich will Sie in einer Stunde im Besprechungsraum sehen, verstanden?"

Sigismund nickte pflichtbewusst. „Geht klar, Chef."

Auch wenn er nicht gerade der hellste war, so wusste er doch, dass Laubachs Launen so wechselhaft waren wie das Wetter in der Eifel. Und im Moment war ein Orkantief im Anmarsch.

10.00 Uhr

Das wöchentlich stattfindende Treffen mit den Kollegen seiner Abteilung gehörte zu den Pflichten, die Kommissar Laubach weniger gern erledigte. Mit der Zeit hatte er zwar geschluckt, dass jedes Meeting automatisch auf einen Kompetenzkampf hinauslief, doch das hieß nicht, dass ihm diese Veranstaltung gefallen musste. Zudem war der Anlass alles andere als erfreulich. Die Mienen von Kriminalrat Schlesinger und Staatsanwalt Leyendecker verhießen nichts Gutes. Sie hatten eine Tote, von der sie bisher noch nicht einmal den Namen kannten, zusätzlich zu zwei weiteren ungelösten Mordfällen aus dem letzten halben Jahr. Und das in der Eifel, wo bereits ein gestohlenes Huhn für Aufsehen sorgte.

Wenn er wenigstens irgend etwas vorzuweisen hätte … Laubach rutschte nervös auf seinem Stuhl hin und her. „Gibt es schon etwas Neues von Förster?", wollte er wissen.

„Nein, Chef", antwortete Sigismund. „Aber er ist kurz hier gewesen und hat diesen Umschlag für Sie dagelassen. Er wolle noch kurz in die Gerichtsmedizin, hat er gesagt. Vielleicht geht es um das seltsame Packstück, Chef."

„Danke", knurrte Laubach, nahm den Umschlag an sich und riss den Klebestreifen ab. Im Inneren des Umschlags befanden sich zwei beschriebene Bögen Papier. Er überflog den Bericht und schüttelte den Kopf. Försters Aufzeichnungen gaben nicht viel her. Wahrscheinliche Todesursache: Schnitt in den Hals. Das wusste er schon vom ersten Sehen. Für eine endgültige Feststellung sei es noch zu früh, stellte der Brief fest. Obduktionen bräuchten nun einmal ihre Zeit. Das übliche blah-blah, wenn noch keine brauchbaren Ergebnisse vorlagen.

Laubach ließ den Papierbogen sinken und starrte auf die Tischplatte. Die sah immerhin nicht so vorwurfsvoll zurück wie seine Kollegen. Er würde den abschließenden Bericht abwarten müssen. Erst dann konnte er sich ganz sicher sein. Nichts mehr und nichts weniger. Von einer Vergewaltigung hatte Förster nichts geschrieben, und ob der Mörder noch andere Sachen mit ihr angestellt hatte, wusste Laubach nicht. Das würde ebenfalls in dem endgültigen Bericht stehen. Er stellte sich trotzdem genüsslich die enttäuschten Gesichter der Reporter vor. Ein einfacher Raubmord würde längst nicht so viel hergeben.

In diesem Augenblick betrat Förster den Besprechungsraum. In seinen Händen trug er ein geöffnetes Paket. Automatisch richteten sich alle Blicke auf ihn.

„Und?" fragte Laubach.

„Nichts, Kurt. Zumindest keine Bombe, aber dafür die Kleidungsstücke einer jungen Frau."

Die anwesenden Herren sahen sich wortlos an.

„Sie gehören der Toten", fügte Förster vorsichtig hinzu. Laubachs Augen weiteten sich überrascht. „Das gibt es doch gar nicht", sagte er. „Beweisstücke frei Haus per Post? Hat die DNA Analyse etwas gebracht?"

„Ist noch in Arbeit, Kurt. Ich kann nur mit Sicherheit sagen, dass auf dem Paket keine fremden Spuren vorhanden sind. Das Analyseergebnis der Kleidungsstücke reiche ich noch nach."

„In Ordnung. Aber das mit dem Paket ist auf jeden Fall merkwürdig. Befand sich außer den Kleidungsstücken noch etwas anderes in dem Karton?"

„Nein, Kurt."

„Wo ist das Paket denn aufgegeben worden?"

„Keine Ahnung. Es stand kein Absender auf dem Etikett, nur die Adresse des Polizeipräsidiums."

24

Laubach strich sich über seinen Dreitagebart. „Mm … ich versteh nur noch Bahnhof. Auf welche Art würdest du dich denn von den Kleidungsstücken trennen, wenn du der Mörder wärst?"

„Ich würde sie verbrennen", meinte Förster.

„Siehst du. Natürlich würdest du sie verbrennen. Ich würde sie auch verbrennen, um die lästigen Beweisstücke so schnell wie möglich loszuwerden. Jeder Verbrecher würde so handeln, bloß dieser Verrückte nicht. Er steckt die Kleidungsstücke in ein Paket und schickt sie uns zu, damit sie umgehend gefunden werden. Kannst du mir das erklären?"

Förster seufzte und schüttelte den Kopf. „Ich bin kein Psychologe, Kurt."

„Weiß man denn inzwischen wenigstens, wer die junge Dame ist und wann sie ermordet wurde?"

„Ihren Namen kennen wir leider noch nicht, wir sind uns aber ziemlich sicher, dass der Mord am Vortag nach 22 Uhr, aber nicht später als Mitternacht geschehen ist."

Laubach nickte. Es war offensichtlich, dass der Mörder mit ihnen spielen wollte. Ein Spiel, von dem Laubach nicht wusste, welchen Part die andere Seite ihm dabei zugedacht hatte. Und das ging ihm mächtig gegen den Strich.

„Also was haben wir bisher?", ergriff Kriminalrat Schlesinger jetzt das Wort

Laubach zuckte mit den Achseln. Er wirkte beinahe hilflos, als er antwortete: „Nicht viel, Herr Kriminalrat. Eine nackte Tote, von der wir bisher noch nicht einmal den Namen kennen, ihre Kleidungsstücke und eine Kette mit einem Medaillon. Die liegt allerdings noch bei der KTU."

„Eine Kette mit einem Medaillon?", fragte Kriminalrat Schlesinger. „Also davon höre ich jetzt zum ersten Mal. Befindet sich darin vielleicht ein Bild oder ist eine Gravur vorhanden?"

„Nichts von beiden", mischte sich Sigismund in die Konversation ein. „Ich hab das Ding gesehen. Es ist gar kein richtiges Medaillon, sondern so eine schwarz-weiße Scheibe, mit zwei Punkten. Ich glaube, man nennt es Jang und Jung."

Laubach hielt sich die Hände vors Gesicht. „Yin und Yang, Sie T...". Den Rest schluckte er hinunter, weil sein Assistent aufstand und hinüber zu der kleinen Kaffeemaschine ging, die auf einem alten Rollwagen stand.

„Möchte jemand Kaffee?" fragte Sigismund in die Runde und fügte hinzu: „Es ist allerdings nur Pulverkaffee, Kaffeesahne und Würfelzucker da." Dabei grinste er frech.

„Ist schon in Ordnung", erwiderte Kriminalrat Schlesinger. „Es geht auch ohne." Er warf einen Blick auf seine Uhr und hatte es plötzlich ziemlich eilig.

„Wo waren wir stehengeblieben, Kurt? Ach ja, richtig, die Kette. Ich möchte, dass Sie alles, was Sie über den Mord wissen, detailliert aufzeichnen. Und ich möchte ihren Bericht schnellstmöglich auf meinem Schreibtisch liegen haben. Checken Sie die Vermisstenkartei! Lassen Sie ein Foto von dem Gesicht der Toten machen und geben Sie es an die Presse weiter. Vielleicht hilft uns das weiter. Meine Herren, ich muss mich von Ihnen verabschieden, ich habe noch etwas anderes zu tun."

Damit erhob er sich, nickte in die Runde und verließ den Raum. Staatsanwalt Leyendecker unterhielt sich noch mit Sigismund. Kurz darauf stand auch er von seinem Stuhl auf und verschwand. Laubach schnappte sich das Paket und gab Sigismund ein Zeichen. Das Meeting hatte sich aufgelöst, und wie es aussah, würde die ganze Arbeit wieder an ihm hängenbleiben. Er stand ebenfalls auf und verließ den Raum. Allerdings nicht, ohne vorher dem Bein des Tisches einen gehörigen Tritt versetzt zu haben.

Die nächsten Stunden verbrachte er in seinem Büro. Dabei versuchte er unter anderem, den Bericht für Kriminalrat Schlesinger zu Papier zu bringen. Dazu bediente er sich einer uralten Schreibmaschine, auf der er, wie so mancher Polizist, mit zwei Fingern herumhackte. Klar, der Computer wäre vermutlich einfacher zu bedienen, aber Laubach hatte ein tief sitzendes Misstrauen gegenüber der modernen Technik. Als er fertig war, las er den Bericht noch einmal durch und war selbstkritisch genug, um einzusehen, dass seine Schreiberei nicht viel Produktives hervor gebracht hatte. Es gab zu viele Fragezeichen, zu wenige Fakten und etliche Ungereimtheiten. Ein Bericht zu diesem frühen Zeitpunkt der Ermittlungen anfertigen zu müssen, war pure Zeitverschwendung und führte zu rein gar nichts. Das, was er auf der alten Schreibmaschine verfasst hatte, würde lediglich dazu beitragen, die bereits ansehnliche Menge von Akten ungelöster Mordfälle noch weiter anschwellen zu lassen. Und die Laune von Kriminalrat Schlesinger würde sich beim Lesen zusehends verschlechtern, denn Laubach hatte keine Hinweise, keinen Verdächtigen, rein gar nichts. Bei den alten Fällen nichts, und bei dem neuen erst recht nicht. Er hatte nur die Leiche dieser jungen Frau und als Zeugen den alten Herbert Hase sowie Roger Peters. Viel schlimmer konnte es nicht mehr kommen. Laubach seufzte laut vor sich hin. Aber wenn Schlesinger von ihm einen Bericht erwartete, dann sollte er ihn auch bekommen. Danach, dass wusste er, würden sich die üblichen Begleiterscheinungen einstellen. Die Zeitungsreporter würden immer aufdringlicher werden, die Gerüchteküche würde brodeln, es würde anonyme Anzeigen geben und Männer aus dem Dorf, die es schon immer besser gewusst haben, dazu Frauen, denen zufällig etwas zu Ohren gekommen war. In der Eifel ließ sich ohnehin nichts verheimlichen. Vielleicht würde er den Fall sogar nach Trier abgeben müssen.

Und wenn schon, dann würde er sich halt wieder den gepanschten Weinen, eingeschlagenen Scheiben oder geklauten Treckern widmen. Wichtige Fälle, zumindest in den Augen der lokalen Bevölkerung, die er momentan an Sigismund abgeschoben hatte.

Er beschloss den Bericht ein zweites Mal durchzulesen, doch dadurch wurde er auch nicht besser. Er ergänzte mehrere Kommas, korrigierte einige Rechtschreibfehler und unterschrieb den Wisch. Damit würde er sich Kriminalrat Schlesinger für eine Weile vom Hals halten können. Er kämpfte mit dem Wunsch nach einem starken Kaffee. Während er noch überlegte, ob er nicht doch auf den Flur zum Kaffeeautomaten gehen sollte, kam Förster in sein Büro.

„So, Kurt, hier haben wir die Kleidungsstücke sowie die Kette der Toten. Alles ist sorgfältig fotografiert und danach in Plastiktaschen verpackt worden. Die Kleidungsstücke sind neuwertig und allesamt Markenartikel. Keine Fremdspuren! Die Kleine hatte Geschmack, das kann man nicht leugnen. Ob die Kette wirklich ihr gehörte, kann ich nicht mit Sicherheit sagen. Die Tote hatte einen Halsschnitt. Wir haben an ihrem Hals keine eventuellen Spuren, die vom Zerren an der Kette herrührten könnten oder Ähnliches gefunden. Wir wissen also nicht, ob der Mörder ihr die Kette eventuell sogar erst nach ihrem Tod umgelegt hat. Der Anhänger trägt eindeutig das Symbol von Yin und Yang. Zwei entgegen gesetzte Kräfte, die aufeinander bezogen sind und sich dennoch bemühen, die Dinge im Gleichgewicht zu halten. Chinesische Esoterik, aber weit verbreitet und nichts Besonderes. Ich sehe nicht, wie uns das in diesem Fall weiterhelfen könnte. Vielleicht hat es auch überhaupt nichts zu bedeuten. Du bist der ermittelnde Kommissar Kurt, aber ich möchte nicht in deiner Haut stecken."

„Vielen Dank für dein Mitleid. Ich möchte auch nicht in meiner Haut stecken, aber was soll ich machen?"

Laubach raffte die Plastiktaschen mit den Sachen der Toten zusammen und steckte sie wieder in den Karton. Den drückte er dem verdutzten Förster in die Arme und meinte: „Hier, das kannst du wieder mitnehmen. Ich benötige allerdings noch ein paar Aufnahmen vom Gesicht des Opfers, aber ohne den Halsschnitt! Damit kann ich den Bestien von der Presse wenigstens etwas zum Fraß vorwerfen, wenn du verstehst, was ich meine?"

Förster verstand.

Vielleicht meldete sich jemand, der die Frau kannte. Es war zumindest einen Versuch wert, und Laubach hoffte, dass sich dadurch endlich etwas bewegte. Was auch immer. Er wollte Förster gerade zur Tür begleiten, als das Telefon auf seinem Schreibtisch klingelte. Dieses spezielle Klingelzeichen gab es nur von sich, wenn seine Sekretärin ein Gespräch zu ihm durchstellen wollte. Mit der linken Hand machte Laubach eine Abschiedsgeste in Richtung seines Technikers, während er mit der rechten den Hörer abnahm.

„Ja?", bellte er in den Hörer.

„Hübscher hier, Chef. Wir haben gerade ein Zugunglück reinbekommen."

„Wie bitte?"

„In Arloff ist ein Zug verunglückt, Chef. An einem Bahnübergang."

„Ja und? Bin ich hier vielleicht bei der Verkehrspolizei?"

„Nein, Chef. Es ist nur so, der Zug hat einen PKW zermalmt, der auf dem Bahnübergang parkte."

„Parkte? Wollen Sie mich auf den Arm nehmen, Fräulein Hübscher?"

„Um Gotteswillen, nein, Chef! Aber es gibt einen Toten! In dem PKW hat ein Mann gesessen."

Laubach hätte beinahe in seinen Bleistift gebissen.

Drittes Kapitel

28.Mai 2013
15.00 Uhr

Die Szenerie am Bahnübergang in Arloff war grotesk und grausig. Der Motorwagen des Regionalzuges war fast ungebremst in einen roten VW Golf gerast. Überall lagen Metallteile und Glassplitter herum. Das Auto war fast 100 Meter mitgeschleift worden. Als Laubach und Sigismund am Unfallort ankamen, wurde gerade der Deckel eines Aluminiumsarges geschlossen, und zwei kräftige Männer trugen den unförmigen Behälter zu dem Fahrzeug der Gerichtsmedizin. Laubach stöhnte innerlich. Nun würde wieder die übliche Prozedur beginnen und er würde später die unappetitlichen Einzelheiten aus Försters Bericht entnehmen müssen, sobald dieser auf seinem Schreibtisch lag. Wenigstens würde er diesen Fall schnell abschließen können, denn der Unfallhergang war klar, es gab ja einen Zeugen, den Zugführer. Der hockte auf einem Baumstumpf und weinte vor sich hin. Um ihn herum standen Sanitäter und bemühten sich, ihm zu helfen. Wie durch ein Wunder, hatte der Mann von dem Aufprall keine schweren Verletzungen, sondern nur leichte Prellungen und Abschürfungen abbekommen. Aber es war der Schock, der noch tief in ihm saß. Besonders, da er wusste, dass es einen Toten gegeben hatte.

Der Bahnübergang an der Landstraße 11 in Arloff galt schon lange als sehr gefährlich. Die Schrankenanlage war veraltet und funktionierte nicht richtig. Meistens war sie außer Betrieb, und die Schranken standen offen. In den vergangen Jahren hatten sich dort immer wieder Unfälle ereignet, wenn auch ohne tödlichen Ausgang. Deshalb forderten Bürgerinitiativen seit langem immer wieder, den Bahnübergang sicherer zu machen. Die Bahn hatte auch bereits Maßnahmen angekündigt, die für den Fahrer des roten Golfs allerdings offensichtlich zu spät kamen.

Mittlerweile war ein riesiger Sattelschlepper mit einem Hebekrahn angerückt, und Techniker in schwerer Sicherheitskleidung versuchten, die ineinander verkeilten Fahrzeuge zu bergen. Die Bahnstrecke würde wohl noch für Stunden gesperrt bleiben. Laubach ging auf den Zugführer zu, der immer noch wie ein Häuflein Elend auf dem Holzbalken hockte. Ein Sanitäter klebte gerade ein großes Pflaster über eine Schnittwunde, die in seinem Kinn klaffte.

„Kann ich mit ihm sprechen?", fragte Laubach den Sanitäter.

„Ich denke schon, aber bitte nehmen Sie Rücksicht auf seinen Zustand. Der Mann steht noch unter Schock. Wir bringen ihn gleich zur Beobachtung ins Krankenhaus."

Laubach ließ sich neben dem Mann auf den Baumstumpf nieder, holte ein Paket mit Kaugummis aus seiner Jackentasche und hielt ihm einen Streifen hin. Der Mann schüttelte nur den Kopf.

„Laubach, Kriminalpolizei Daun", stellte sich Laubach vor.
„Können Sie mir sagen, was genau passiert ist?"

Der Mann zitterte, als er mit leiser Stimme antwortete.
„I... ich kann mich kaum noch erinnern. Es ging alles so furchtbar schnell. Ich bin um die Kurve gekommen, und da hat ein roter Wagen auf dem Bahnübergang gestanden." Er schluchzte auf. „Mitten auf dem Bahnübergang, stellen Sie sich das mal vor! Ich habe das Signal gegeben und noch versucht, die Geschwindigkeit zu drosseln, aber mir blieb nicht mehr genügend Zeit. Ich konnte den Aufprall nicht verhindern."

„Wie schnell waren Sie unterwegs gewesen?"

„Mit ca. 70km/h, ganz normal. Ich habe dann vor der Kurve noch stark abgebremst, also waren es höchstens 50km/h. Aber das Signal, die Vollbremsung ... und der Fahrer des Wagens hat überhaupt nicht reagiert."

„Sie kamen also um die Kurve, sahen den Wagen auf dem Bahnübergang stehen, gaben das Alarmzeichen und stiegen in die Bremsen?"

„Ja, ganz genau, so war es. Mir ist völlig schleierhaft, wie der Wagen überhaupt auf die Schienen gelangen konnte. Normalerweise wird bei der Einfahrt eines Zuges der Bahnübergang mittels Schrankenanlage gesperrt. Und selbst wenn die mal wieder defekt war, hätte die rote Warnleuchte ausreichen müssen."

„Mm ... sehr seltsam", brummte Laubach vor sich hin. Dann sagte er: „Am besten, Sie lassen sich jetzt erst einmal im Krankenhaus behandeln und ruhen sich aus. Ich werde möglicherweise später noch einmal mit Ihnen sprechen müssen. Die Staatsanwaltschaft wird natürlich die Ermittlungen aufnehmen, aber darüber brauchen Sie sich im Moment noch keine Gedanken zu machen."

Er gab den Sanitätern ein Zeichen, dass sie den Mann mitnehmen konnten. Danach wandte er sich an Sigismund.

„Hören Sie, Schwarzenegger. Sehen Sie zu, dass Sie noch weitere Zeugen auftreiben. Ich muss unbedingt wissen, ob der rote Golf bereits längere Zeit auf den Gleisen gestanden hat. Dass der Fahrer nicht auf die Warnzeichen reagiert hat, kommt mir doch sehr merkwürdig vor."

„Vielleicht war er nicht ganz in Ordnung, Chef."

„Wie bitte? Was wollen Sie damit sagen, Schwarzenegger?"

„Nun, vielleicht stand er unter dem Einfluss von Drogen, ihm ist schlecht geworden, oder er war sogar ohne Bewusstsein. Ich meine, in dem Fall hätte er doch gar nicht reagieren können, Chef."

„Mm ... da ist in der Tat etwas Wahres dran. Obwohl das mit den Drogen ... Sie sehen zu viele Krimis, Schwarzenegger. Aber ich werde nachher trotzdem mit Förster darüber sprechen."

Er wollte gerade zu seinem Wagen gehen, als Dornfeld eintraf. Der Journalist der Eifelzeitung ging sofort auf Laubach zu, noch ehe der seinen Wagen erreicht hatte.

Laubach winkte genervt ab. „Nicht jetzt, Dornfeld. Du musst dich noch ein wenig gedulden."

„Kannst du denn zu dem Unfall noch nichts rauslassen, Kurt? Sonst bist du doch viel entgegenkommender."

„Sonst, aber heute nicht. Und wer sagt dir überhaupt, dass es ein Unfall war?"

„Danke Kurt, das reicht mir schon." Dornfeld lächelte zufrieden und schrieb etwas in sein Notizbuch. Laubach mochte ihn nicht besonders, da der Journalist die Arbeit der Polizei mit einer gewissen Spitzfindigkeit kommentierte. Was ihn allerdings am meisten dabei ärgerte, war die Tatsache, dass Dornfeld oftmals auch noch Recht hatte. Laubach biss sich auf die Unterlippe. Indem er den Unfall infrage stellte, hatte er bereits viel zu viel gesagt. Er konnte sich jetzt schon bildlich vorstellen, was die morgige Ausgabe der Eifelzeitung als Aufhänger bringen würde.

Weitere Journalisten mit fragenden Gesichtern stellten sich ein. Laubach hatte nur einen Wunsch, nämlich, so schnell wie möglich hier weg zu kommen. Deshalb sagte er: „Meine Herren, Sie können mir alle möglichen Fragen stellen, aber ich habe im Moment noch keine Antworten dazu. Wir geben in den nächsten Stunden eine Pressemitteilung heraus. Bitte geduldigen Sie sich bis dahin."

Eine junge Journalistin hob die Hand und rief: „Da Sie die Unglücksstelle weiträumig abgesperrt haben, muss doch etwas Schwerwiegenderes vorgefallen sein als ein bloßer Unfall?"

Laubach schnaufte verächtlich. „Sie sehen doch selbst, wie verstreut die Trümmer liegen! Reicht Ihnen das nicht als Grund? Im Übrigen kein Kommentar, junge Dame."

Er kannte sie nicht, sie musste noch neu bei den Medienvertretern sein. Aber auf ihrer Jackentasche sah er das Emblem der Rheinzeitung. Die Gerüchteküche machte also bereits die Runde.

„Meine Damen und Herren, ich bitte Sie", begann Laubach erneut. „Sie können mich noch so viel fragen, ich kann Ihnen aus ermittlungstechnischen Gründen zu diesem Zeitpunkt einfach keine weiteren Angaben machen."

Damit ließ er die wartenden Presseleute stehen, stieg in seinen alten Mercedes 200 und fuhr davon.

Viertes Kapitel

30. Mai. 2013
10.48 Uhr

Martinas Friseursalon lag ein wenig abseits von der Hauptge-schäftsstraße in Bad Münstereifel zwischen einem Geschäft für Elektroartikel und einem Schnellimbiss. Die Geschäfte liefen schleppend, daher beschäftigte Martina nur eine Fri-seuse. Die hieß Roswita Biedermann, eine hübsche Blondi-ne, die gerne ein Schwätzchen hielt. Im Augenblick redete sie ganz besonders viel, da sie sich für einen Spanisch-Kurs bei der Volkshochschule angemeldet hatte und nun aller Welt da-von erzählen musste, während sie einer Kundin die Haare schnitt. Martina hörte mit halbem Ohr auf das Geplapper ih-rer Angestellten, während sie selbst die neueste Kollektion Haarspray in ein Regal räumte. Sie nutzte eine Pause in Roswi-tas Redefluss und sagte: „Gibst du mir bitte mal die Zeitung rüber, die neben dir auf dem Stuhl liegt?"

Roswita trat einen Schritt zurück und betrachtete den Hin-terkopf ihrer Kundin. Die Frisur war ihr gelungen.

„Strähnchen im Haar würden Ihnen auch gut stehen", sag-te sie.

Ihre Kundin hob die Achseln. „Vielleicht lasse ich mir die

beim nächsten Mal machen. Jetzt bin ich erst einmal froh, wenn ich fertig bin."

„Es dauert auch nicht mehr lange. Noch ein paar Spitzen … so …" Roswitha zupfte noch einmal an einigen Ecken der Frisur.

Zwischendurch reichte sie ihrer Chefin die Tageszeitung, die auf ihrer Ablage lag. Nur wenige Sekunden später war sie wieder ganz bei ihrer Arbeit und erzählte der Kundin stolz von den ersten Wörtern auf Spanisch, die sie in der Volkshochschule gelernt hatte.

Dann hielt sie einen Spiegel hoch und ließ ihre Kundin den neuen Schnitt betrachten. „Kurz genug?", fragte sie. „Oder soll ich noch einen Zentimeter abnehmen?"

Die Frau begutachtete sich im Spiegel. „Nein, ich denke es ist gut so. Wenn Sie mir nur an den Seiten das Haar noch ein wenig ausdünnen könnten?"

„Aber sicher, das mach ich doch gerne. Übrigens, wussten Sie schon, wie erfreut auf Spanisch heißt?"

„Keine Ahnung."

„Encantada und wenn es ein Mann sagt, dann heißt es encantado."

„Wie bitte, die machen da einen Unterschied?"

„Leider ja. Die meisten Verben enden bei weiblichen Personen auf a und bei männlichen auf o."

„Großer Gott, und da soll noch einer schlau draus werden?"

„Da haben Sie Recht. Es ist wirklich nicht ganz einfach. Das Meer heißt zum Beispiel el mar. Das wäre wörtlich übersetzt der Meer. Bei uns heißt es natürlich das Meer."

„Ach, hören Sie bloß auf . . ."

Martina blicke von ihren Kartons auf und grinste. „Also ich für meinen Teil gebe mich mit einer Sprache zufrieden. In meinem Alter noch etwas Neues zu lernen, ist mir viel zu kompliziert."

„In Ihrem Alter? Ach was", sagte die Kundin. „Sie sind doch höchstens erst fünfunddreißig."

„Zweiundvierzig", berichtete Martina sie und fing an, in der Zeitung zu blättern. Oh je, schon wieder so ein grässlicher Mord! Und noch dazu ganz in der Nähe! Das musste sie unbedingt mit den beiden anderen Frauen teilen. „Habt ihr schon von dem Mord in Kelberg gehört? Steht alles auf der ersten Seite. Auf dem Anhänger eines Treckers hat man eine tote Frau gefunden, nackt. Schrecklich! So möchte ich niemals enden."

„Na, wer möchte das schon", meinte Roswita. Interessiert fragte sie weiter: „Und, hat man den Mörder schon gefasst?"

„Nein, ich glaube nicht. Hier steht, dass sie noch nicht einmal den Namen der Frau kennen. Aber ihr Gesicht ist abgebildet. Sie war noch so jung."

„Das schau ich mir an", sagte Roswita, die gerade mit dem Haareschneiden fertig geworden war. Geschickt nahm sie der Kundin den Frisierumhang ab, geleitete sie zur Kasse und entließ sie dann mit ein paar freundlichen Worten. Dann griff sie nach dem Besen, der immer in der Ecke stand, fegte die abgeschnittenen Haare zusammen und kam dann zu ihrer Chefin, die immer noch das Foto in der Zeitung betrachtete. Roswita las die Überschrift, sah das Foto und zuckte entgeistert zusammen. Mit beiden Händen riss sie ihrer Chefin förmlich das Blatt aus den Händen. „Mein Gott … nein!"

„Was ist denn los?", wunderte sich Martina.

Roswita starrte noch immer auf die Überschrift und das Foto in der Zeitung.

Wer kennt diese unbekannte Tote aus Kelberg?, stand da in großen Lettern geschrieben. Roswita legte die Zeitung zurück und griff zum Telefon. Ihr Gesicht war aschfahl, als sie die Nummer des Polizeipräsidiums in Daun wählte.

Fünftes Kapitel

Kommissar Laubach saß in seinem Büro und grübelte über die Berichte von Förster nach, die auf seinem Schreibtisch lagen. Er fühlte sich müde und abgespannt. Ein Blick auf die Uhr sagte ihm, dass es bereits Mittag war. Verdammt spät, wenn man bedachte, dass er schon seit sechs Uhr im Polizei-Präsidium hockte. Und wieder war kein Ende abzusehen. Wann sollte er jemals seine Überstunden abfeiern? Nicht, dass er gewusst hätte, wie er so viel Freizeit sinnvoll gestalten konnte, so ganz alleine ...

Fräulein Hübscher kam in sein Büro und wedelte mit ihrem Notizblock. Der Nachname allein war schon der blanke Hohn. Unscheinbar wäre der bessere Name für sie gewesen. Aber man musste die Dinge eben nehmen, wie sie kamen. Wie immer trug sie eines ihrer blassen Kostüme und dazu flache Gesundheitsschuhe, deren Farbe bestens zu ihrer Hornbrille passte.

Laubach runzelte die Stirn. „Hatten wir einen Termin, Fräulein Hübscher? Ich kann mich gar nicht daran erinnern."

Sie ignorierte seinen gereizten Tonfall und sagte: „Die Pressekonferenz, Chef! Wir müssen noch besprechen, was wir den Journalisten sagen wollen."

„Ach ja, richtig, Fräulein Hübscher. Nun, viel ist es ja nicht gerade, was wir denen anbieten können. Ergo denke ich, wir können ruhig erwähnen, dass wir im Mordfall der jungen Frau noch völlig im Dunkeln tappen und aus diesem Grund alle weiterführenden Beobachtungen der Öffentlichkeit äußerst willkommen sind.

Was den Toten in dem roten Golf vom Bahndamm in Arloff betrifft, so haben wir seinen Namen und seine Anschrift. Förster hat in der Nähe der Unglücksstelle eine Brieftasche mit den Fahrzeugpapieren gefunden. Sie muss bei dem Aufprall aus dem Wagen geschleudert worden sein. Schwarz... äh, Sigismund ist bereits hinaus zu der angegebenen Adresse gefahren. Mal sehen, was er dort ausgräbt. Den Namen des Golffahrers möchte ich allerdings noch vor der Presse geheim halten. Aus ermittlungstechnischen Gründen, wie wir immer so schön zu sagen pflegen.

Ich schlage vor, dass Sie die Pressekonferenz einleiten, Fräulein Hübscher, danach übernehme ich oder Kriminalrat Schlesinger."

Er bemerkte, wie sie zögerte. „Ist noch was, Fräulein Hübscher?"

„Ich wollte Ihnen nur noch etwas berichten, Chef."

Laubach blies den Aktenstaub von seinem Schreibtisch und tat so, als müsste er sich konzentrieren.

„Also gut. Wenn es länger als fünf Minuten dauert, können Sie sich auch setzen."

Fräulein Hübscher blieb stehen. Der Blick, mit dem sie ihn musterte, erinnerte ihn irgendwie an seine Grundschullehrerin.

„Da war ein Anruf für Sie, Chef. Von einer gewissen Frau

Biedermann. Sie sagte, sie hätte das Foto der toten Frau gesehen und die Dame sogleich erkannt."

Laubach sprang von seinem Stuhl auf. „Was? Und das sagen Sie mir erst jetzt? Warum haben Sie mir das Gespräch nicht sofort durchgestellt?"

„Nun, weil Sie ... Sie haben doch mit dem Förster zusammengesessen, und da weiß ich doch, dass Sie nicht gern gestört werden, außerdem ..."

„Mensch, Fräulein Hübscher, wie können Sie mir so etwas Wichtiges vorenthalten?"

Sie zog einen Schmollmund. „Aber das hab ich doch gar nicht. Außerdem hat die Dame gesagt, sie wolle sofort ins Präsidium kommen. Das ist jetzt bereits eine Weile her. Sie müsste eigentlich gleich hier sein."

Laubach blickte seine Sekretärin scharf an. „Ihr Wort in Gottes Ohr, Fräulein Hübscher, und wehe, wenn dem nicht so ist. Ich hätte nicht übel Lust, Sie allein in die Pressekonferenz zu schicken. Aber leider geht das nicht. Also jetzt raus mit Ihnen. Und schicken Sie die Dame augenblicklich rein, wenn sie eintrifft."

Er blickte seiner Sekretärin nach, wie sie aus dem Zimmer schlich und die Tür hinter sich zu drückte. Dann schüttelte er den Kopf. Schwarzenegger und die Hübscher waren vielleicht ein Dreamteam, aber was konnte er schon tun? Schließlich hatte er die beiden von seinem Vorgänger übernommen.

Er setzte sich wieder an seinen Schreibtisch, griff nach Försters Bericht und studierte zum x-ten Mal die Fakten. Dabei stachen ihm zwei Punkte besonders ins Auge. Im Körper des toten Mannes, der in dem Unfallgolf gesessen hatte, waren Spuren eines Betäubungsmittels gefunden worden, und über dem Rückspiegel hatte eine Kette mit einem schwarz-weißen Anhänger gehangen. Jetzt musste er davon ausgehen, dass der fragwürdige Unfall am Bahnübergang irgendwie mit dem Tod der jungen Frau auf Bauer Hases Anhänger in Verbindung stand.

Gerade wollte er sich dazu etwas notieren, als es an seine Bürotür klopfte. Laubach erhob sich von seinem Schreibtisch, ging zur Tür und öffnete. Vor ihm stand Fräulein Hübscher in Begleitung einer ihm nicht bekannten Dame. Sie war hübsch, blond, gute Figur, vielleicht Anfang dreißig.

„Das ist die Frau, die vorhin angerufen hat", stellte seine Sekretärin die Unbekannte vor.

„In Ordnung", sagte Laubach und versuchte zu lächeln. Mit einer Handbewegung gab er Fräulein Hübscher ein Zeichen, zu verschwinden, schloss die Tür und geleitete die Dame zu dem Besucherstuhl vor seinem Schreibtisch.

„Nehmen Sie Platz, Frau ... äh?"

„Biedermann ist mein Name, guten Tag, Herr Kommissar."

„Guten Tag, Frau Biedermann. Ich bin Kommissar Laubach. Wie ich höre, haben Sie eine wichtige Aussage zu machen?"

Roswita setzte sich, und Laubach registrierte, dass sie keine Probleme damit hatte, ein paar besonders wohlgeformte Beine zur Schau zu stellen. Die steckten in Pumps mit hohen Absätzen, wobei ihre Fesseln zusätzlich mit einem Silberkettchen geschmückt waren. Sie wirkte offen und selbstsicher.

Er setzte sich ebenfalls und fragte:

„Also was können Sie mir über die Tote von Kelberg sagen?"

Auf einmal wirkte sie gar nicht mehr so selbstsicher. Ihre Schultern sackten nach vorne, und sie senkte etwas den Kopf. Ihre Stimme jedoch klang kultiviert, der Tonfall sachlich.

„Ich kenne die Frau. Deshalb habe ich ja auch sofort angerufen, nachdem ich das Foto in der Zeitung gesehen habe. Sie heißt Lena Ullrich. Wir besuchen zusammen einen Spanisch-Kurs in Bad Münstereifel. Das heißt, wir besuchten …"

Laubach spürte, wie es tief in ihm kribbelte. „Moment mal", sagte er. „Bitte erzählen Sie alles ganz genau der Reihe nach."

„Das ist so, Herr Kommissar. Ich hatte mich vor einem Monat bei der Volkshochschule in Bad Münstereifel zu einem Spanisch-Kurs angemeldet. Zuerst dachte ich, der Kurs würde gar nicht zustande kommen. Anfänglich waren wir nur zu fünft, aber mittlerweile sind wir mehr als zwanzig Teilnehmer. Lena war von Anfang an dabei. Ich habe mich ein wenig mit ihr angefreundet."

„Ah ja? Wie oft in der Woche findet der Kurs statt?", wollte Laubach wissen.

„Zweimal. Dienstags und Freitags."

„Gut. Erinnern Sie sich daran, ob Frau Ullrich beim letzten Mal anwesend war?"

„Ganz sicher. Letzten Dienstag hatten wir ja unseren Kurs wieder. Also am Dienstagabend war sie da, dass weiß ich so genau, weil wir kleine Gruppen bilden mussten, um verschiedene Formen der Anrede und der Begrüßung durchzuspielen. Und Lena war mit mir in einer Gruppe."

„Prima, also dann können wir davon ausgehen, dass sie zu diesem Zeitpunkt noch gelebt hat."

Roswitha nickte bestimmt. „Auf jeden Fall."

„Ist Ihnen etwas über ihr Privatleben bekannt? Hatte sie Familie, stammte sie aus Bad Münstereifel?"

„Soviel ich weiß, wohnte sie in Mechernich. Sie stammt aber nicht aus dieser Gegend, sondern ist irgendwann einmal hergezogen. Mehr weiß ich nicht, so gut kannte ich sie auch wieder nicht."

Laubach wusste, was sie meinte. Er selbst war auch nur ein Zugezogener, ein Hergelopener, wie man das in seiner bergischen Heimat so trefflich bezeichnete. Es dauerte, bis die Eifler mit Fremden richtig warm wurden.

„Bis wann geht der abendliche Kurs der Volkshochschule?"

„Von acht bis zehn."

„Können Sie sich daran erinnern, ob Frau Ullrich mit dem Wagen nach Hause gefahren ist, oder ob sie abgeholt wurde?"

„Ich weiß, dass sie einen Wagen hatte, aber ja, Sie haben Recht, am Dienstag ist sie abgeholt worden. Von einem Mann in einem roten VW Golf."

Laubach schnappte nach Luft. Sollte sich sein Verdacht bestätigen und der Tote im roten VW und die ermordete Frau tatsächlich zu ein- und demselben Fall gehören? Schnell versuchte er, sich wieder zu sammeln, um sich keine Blöße zu geben, und nickte der jungen Frau zu. Die setzte auch sogleich ihren Bericht fort.

„Ich weiß das so genau, weil ich mir gedacht habe, dass

46

Sie mich danach fragen würden, und deshalb habe ich auf dem Weg hierher darüber nachgedacht."

„Können Sie den Mann beschreiben", fragte Laubach, der sich langsam wieder gefangen hatte.

„Leider nein. Draußen war es ja schon dunkel, und im Auto hatte kein Licht gebrannt."

„Aber Sie sind sich sicher, dass es ein roter VW Golf war?"

„Absolut. Ein älterer Golf 2. So einen habe ich mal selbst gefahren. In der gleichen Farbe. Deshalb ist er mir auch sofort aufgefallen."

„Aber Sie können keine Angaben zu dem Fahrer machen?"

„Nein, leider nicht."

„Hat er Frau Ullrich denn öfters abgeholt?"

„Ich glaube nicht. Zumindest ist er mir nicht aufgefallen."

„Dann erinnern Sie sich auch nicht an das Kennzeichen des Wagens?"

„Äh ... nein. Darauf habe ich nicht geachtet."

„Und in welche Richtung er gefahren ist? Können Sie sich vielleicht daran erinnern?"

„Er ist stadtauswärts gefahren."

„Welche Kleidung hat Frau Ullrich an jenem Abend getragen?"

„Warten Sie, Herr Kommissar. Da muss ich nachdenken. Also, sie trug eine Jeans, eine helle Bluse und eine Strickjacke von Dior. Bluse und Jeans waren übrigens von Joop. Sie hat sehr auf hochwertige Marken geachtet. Das war mir gleich beim ersten Mal aufgefallen, als wir uns bei unserem Kurs getroffen hatten."

„Ist das alles, Frau Biedermann?"

„Ja, das ist alles."

„Dann bedanke ich mich sehr dafür, dass Sie so schnell zu mir gekommen sind. Ach ja, einen kleinen Moment noch, da fällt mir gerade etwas ein." Er griff in die oberste Schublade seines Schreibtisches und entnahm ihr einen Klarsichtordner mit Fotos. Darin suchte er kurz, zog dann eins der Fotos heraus und hielt es seiner Besucherin hin.

„Erkennen Sie den Wagen wieder, Frau Biedermann?"

Roswita betrachtete das Foto. „Mein Gott, der sieht ja schrecklich aus! Ist ja nur noch Schrott. Also von der Farbe her könnte es der Wagen gewesen sein und das Modell stimmt auch. Es ist ein Golf 2. Aber ob es sich tatsächlich um jenes Fahrzeug handelt, mit dem der Unbekannte Lena vom Spanisch-Kurs abgeholt hat, vermag ich nicht eindeutig zu sagen. Ist dem … ist dem Fahrer etwas geschehen?"

Laubach beobachtete ihre Reaktion. „Er ist tot, Frau Biedermann."

Sie wirkte irritiert. „Aber dann wissen Sie, wer das ist?"

„So ist es", antwortete Laubach. „Ich wollte nur hören, ob Sie eventuell den Namen bestätigen konnten. Und jetzt habe ich noch eine Frage, und dann sind Sie entlassen. Haben Sie jemals gesehen, dass Frau Ullrich eine silberne Kette mit einem schwarz-weißen Anhänger trug?"

„Einen schwarz-weißen Anhänger?"

„Ja, so ein Modeschmuck mit dem Yin und Yang Symbol, Sie wissen schon …"

„Ach so, ja, aber ich glaube nicht, Herr Kommissar. Bei Lenas exklusivem Geschmack passt einfacher Modeschmuck einfach nicht zu ihr."

„Dann darf ich mich noch einmal bei Ihnen bedanken. Das war jetzt wirklich alles, Frau Biedermann. Sollte Ihnen doch noch etwas einfallen, dann haben Sie ja meine Telefonnummer. Auf Wiedersehen."

„Auf Wiedersehen, Herr Kommissar."

Sie stand auf, öffnete die Bürotür und wäre fast mit dem Kollegen Förster zusammengestoßen, der vor der Tür stand und eine braune Papiertüte in der Hand hielt.

„Hoppla?" sagte er mit einem breiten Grinsen, bevor er in Laubachs Büro trat und die Tür hinter sich zufallen ließ.

„Hunger?" fragte er und deutete auf die Tüte, die er mitgebracht hatte. Der Aufschrift nach zu urteilen, musste der Inhalt aus der kleinen Imbissbude an der Straßenecke stammen. Laubachs Miene erhellte sich. „Das kann man wohl sagen", antwortete er, sichtlich erleichtert über die unerwartete Ablenkung. Förster setzte sich auf die Schreibtischkante und riss die Tüte auf.

„Dachte ich`s mir doch, dass du dir noch nicht einmal die Zeit genommen hast, um dir im Imbiss einen Snack zu holen."

„Nun … wir haben ja auch noch eine Kantine …"

„Aber so etwas bieten die sicher nicht." Mit den Fingern holte Förster zwei Frikadellen heraus, die beide mit Salat, einer Remoulade und reichlich Senf garniert waren. Eine davon hielt er Laubach hin, der sofort gierig danach griff.

„Hast du in der Zwischenzeit irgendeine Spur bezüglich der Identität der toten Frau gefunden?", fragte Förster zwischen zwei kräftigen Bissen.

„Das kann man wohl sagen", antwortete Laubach. „Sie heißt Lena Ullrich, wohnte in Mechernich und hat zweimal in der Woche einen Spanischkurs an der Volkshochschule in Bad Münstereifel besucht. Die Dame, mit der du gerade eben fast zusammengestoßen wärst, ist eine wichtige Zeugin. Sie hat die Tote gekannt."

Er leckte sich zuerst die Finger ab, bevor er weitersprach. „Bevor du gekommen bist, habe ich gerade in deinem Bericht gelesen."

„Du meinst den Unfall am Bahnübergang in Arloff?"

„Ja, schlimme Sache, was? Die ganze Eifel spricht bereits davon. Ich denke der Typ, der dabei ums Leben gekommen ist, muss so etwas wie ein Verehrer der Dame gewesen sein. Er könnte theoretisch sogar ihr Mörder gewesen sein. Und dann diese Kette, die bei ihm im Wagen hing. Genau so eine wie bei ihr. Wieder ein Yin und Yang Symbol. Auf jeden Fall haben die beiden Fälle irgendwie miteinander zu tun, und an einen Unfall glaube ich schon gar nicht mehr. Möchtest du nochmal die Fotos sehen?"

Förster schüttelte den Kopf. „Die kenne ich zur Genüge." Laubach seufzte. „Vielleicht ist unser Golffahrer wirklich der Mann, der das Mädchen vom Kurs abgeholt hat. Aber selbst wenn die beiden sich kannten, heißt das noch lange nicht, dass er sie umgebracht hat. Er könnte sie auch nur einfach gefunden haben und sich dann aus Verzweiflung umgebracht haben. Oder er wusste überhaupt von nichts, und sein Tod war doch nur ein Unfall."

Förster nippte an seinem Instantkaffee, den er ebenfalls mitgebracht hatte.

„Ein Unfall, mit den Betäubungsmitteln im Blut? Das glaubst du nicht wirklich, oder? Also nehmen wir zunächst mal an, der war's nicht. Aber wer dann? Und wie gut kannte der Täter die Frau? Wir müssen auf jeden Fall in ihrem näheren Umfeld suchen. Vielleicht lebt der Kerl hier irgendwo in der Gegend?"

„Könnte sein. Vielleicht hat er sogar etwas mit dieser verfluchten Volkshochschule zu tun. Jedenfalls scheint er tatsächlich zu glauben, er könne mit uns scherzen. Träumt wohl davon, ein perfektes Verbrechen zu begehen. Schickt mir die Kleidung der Kleinen ins Präsidium. So etwas hast du noch nicht gesehen. Du weißt doch, was ein perfektes Verbrechen auszeichnet?"

Förster nickte zustimmend. „Dass der Täter mangels Beweisen nicht überführt werden kann. Er ist schlau, gerissen und jemand, der sorgfältig arbeitet und plant. Du meinst also, er ist so arrogant und will dir zeigen, dass er der Beste ist?"

„Ja, irgend so etwas. Hat wahrscheinlich einen gewaltigen Schaden im Kopf."

„Und du vermutest, er könnte wieder zuschlagen?"

„Genau das ist es, was ich befürchte, und das Frustrierende daran ist der Mangel an Hinweisen. Bisher hat er keine Spuren hinterlassen, die mich irgendwie zu ihm führen würden. Bis auf diese komische Kette natürlich. Wenn ich bloß wüsste, was dahintersteckt."

Nachdenklich kaute Laubach auf den Resten seiner Frikadelle herum. Dann stand er auf und öffnete eines der beiden Panoramafenster, um den Essensgeruch abziehen zu lassen.

„Nur gut, dass wir den Toten bereits identifizieren konnten. Na ja, das war ja nicht besonders schwer. Bernd Schäfer aus Berg. Sein Name und seine Adresse standen auf dem Fahrzeugschein, und der befand sich wiederum in der Brieftasche, die wir in der Nähe des Fahrzeugs gefunden haben.

Die Hübscher hat den Typen sofort gecheckt. Der junge Mann ist niemals strafrechtlich in Erscheinung getreten. Sigismund ist hinaus nach Berg gefahren. Ich erwarte ihn jeden Augenblick zurück. Mal sehen, ob er etwas herausgefunden hat.

Und dann ist da noch etwas. Ich habe mir überlegt, unser Team zu vergrößern. Wir haben zwar Kollegen, Techniker, Psychologen und all die anderen Experten, die uns zu Verfügung stehen. Du bist als Leiter der Spurensicherung sowieso ganz eng mit dem Fall verbunden. Und trotzdem, vielleicht fehlt uns ein frischer Wind, jemand der unkonventionell denkt ... Jemand, der nicht in unserem System steckt, verstehst du? Ich meine, so einer wäre sicher eine Bereicherung für uns."

Förster machte ein skeptisches Gesicht. „Du willst einen externen Berater? Davon wird der Alte aber ganz bestimmt nichts halten. Wir können doch schließlich keinen Laien zu den Ermittlungen hinzuziehen."

„Nun ja ... Zugegeben, Kriminalrat Schlesinger wird nicht gerade begeistert sein, aber außergewöhnliche Fälle verlangen außergewöhnliche Maßnahmen."

„Lass es besser, Kurt. Wir kommen auch ohne Einmischung von außen klar."

„Hoffen wir das Beste", sagte Laubach. „Hoffen wir`s einfach."

Sechstes Kapitel

31.Mai 2013

Dank der letzten Todesfälle stand die Eifel wieder im Mittelpunkt des öffentlichen Interesses. Nachdem bekannt wurde, dass die unbekannte Tote als Lena Ullrich identifiziert worden war, kamen Reporter aus ganz Rheinland Pfalz und den umliegenden Großstädten nach Daun, sie witterten die ganz große Story. Eine Pressekonferenz war überfällig. Die Presseleute belagerten das Polizeipräsidium in Daun. Radioreporter mit enormen Mikrofonen, ein Fernsehteam mit Videokameras, Männer und Frauen mit Notizblöcken und Aufnahmegeräten. Laubachs Sekretärin achtete wachsam darauf, dass alle Besucher sich am Eingang mit Namen, Adresse und Auftraggeber eintrugen. Nachdem sich nach einigen Platzrangeleien alle gesetzt hatten, trat Laubach an das Pult an der Stirnseite des Raumes und stellte sich vor.

Ein Reporter vom *Volksfreund* feuerte umgehend die erste Frage ab: „Herr Kommissar, haben Sie schon Hinweise im Fall der ermordeten Frau?"

Laubach versuchte, geduldig zu wirken. „Leider nein."

Missmutiges Gebrummel machte sich breit unter den Presseleuten. Das reichte nicht für die Nachrichten.

Weitere Fragen zu der ermordeten Frau folgten. Laubach wehrte so gut wie alles ab mit „Kein Kommentar" oder „Dazu können wir beim augenblicklichen Stand der Ermittlungen noch nichts sagen". Als er schließlich bei dem Standardspruch ankam: „Wir ermitteln weiterhin in alle Richtungen und bitten um sachdienliche Hinweise aus der Bevölkerung", schossen sich die frustrierten Reporter auf ein anderes Thema ein.

„Herr Kommissar, ist es richtig, dass es an dem als gefährlich bekannten Bahnübergang in Arloff bei dem letzten Unfall einen Toten gegeben hat?"

Laubachs bestätigendes „Ja" klang selbst in seinen eigenen Ohren nicht gerade glücklich.

„Dann hat es also in der hiesigen Umgebung in kürzester Zeit zwei Tote gegeben?"

„Das ist leider auch richtig."

„Darf ich Sie fragen, welche Erkenntnisse die Polizei in diesem Fall besitzt?"

„Nun ja", Laubach zögerte. „Zunächst mal kann ich Ihnen mitteilen, dass es uns bereits gelungen ist, den Toten von Arloff zu identifizieren. Bei dem Unfallfahrer handelt es sich um einen jungen Mann namens Bernd Schäfer aus Berg. Mein Kollege Sigismund ist bereits unterwegs, um die Angehörigen zu befragen. Wir haben Anhaltspunkte, dass der junge Mann mit der Toten, die wir auf dem Anhänger gefunden haben, bekannt war. Deshalb habe ich eine Sonderkommission gebildet, die diesem Fall oberste Priorität einräumt."

Die Reporter redeten fast gleichzeitig los. Etliche kritzelten eifrig etwas auf ihre Notizblöcke. Blitzlichter flammten auf. Handys klingelten.

„Darf ich Sie um Ruhe bitten?", ermahnte Laubach die anwesenden Journalisten.

„Also kennen Sie bereits die Identität der toten Frau?", wollte jemand wissen.

„Dazu kann ich zu diesem Zeitpunkt leider keine Auskunft geben", sagte Laubach und blickte für den Bruchteil einer Sekunde hinauf zur Zimmerdecke. Einen Moment lang herrschte völliges Schweigen.

„Die Bevölkerung ist sehr beunruhigt, Herr Kommissar. Neben den beiden aktuellen Toten haben wir hier in der Eifel schließlich auch noch die beiden älteren Mordfälle vom Frühjahr, die bisher nicht aufgeklärt wurden. Glauben Sie, dahinter könnte ein Serientäter stecken?", fragte Dornfeld von der Eifelzeitung.

„Dazu möchte ich zu diesem Zeitpunkt keine Auskunft geben. Wie bereits gesagt, meine Damen und Herren. Ich kann Ihnen keine Einzelheiten zu den laufenden Ermittlungen nennen. Sobald wir etwas Konkretes haben, werden wir Sie umgehend informieren. In der Zwischenzeit versichere ich Ihnen, dass wir alles tun werden was in unserer Macht steht, um die Geschehnisse aufzuklären."

„Herr Kommissar, wo steckt eigentlich Kriminalrat Schlesinger? Ist es neuerdings Usus bei der Polizei, dass der oberste Boss nicht mehr mit uns Medienvertretern spricht? Würden Sie dazu etwas sagen wollen?"

Damit hatte man Laubachs wunden Punkt getroffen, wusste er doch, dass Schlesinger der Pressekonferenz fern geblieben war, um ihm eins auszuwischen. Er wollte gerade irgendetwas erwidern, da wurde bereits die nächste Frage gestellt.

„Herr Kommissar, wir haben gehört …"

Laubach nutzte den sich unverhofft anbietenden Ausweg. „Hörensagen und Mutmaßungen führen leider meist allzu schnell in falsche Richtungen", sagte er. „Wir halten uns hier lieber an Fakten, und darüber muss ich aus Ermittlungsgründen derzeit noch schweigen. Vielen Dank, dass Sie so zahlreich erschienen sind, meine Damen und Herren. Das ist im Moment leider alles, was ich Ihnen sagen kann. Selbstverständlich werden wir Sie auf dem Laufenden halten."

Mit diesen Worten verließ er demonstrativ das Rednerpult. Er hatte es geschafft, sich den Fragen der Presseleute zu stellen, ohne sein Gesicht zu verlieren. Für diesen Tag wertete er das als ausreichenden Erfolg.

Noch während die Reporter aufstanden und ihre Geräte einsammelten, wandte Laubach sich an seine Sekretärin, die sich mit den Teilnehmeradressen zu ihm durchgekämpft hatte.

„Das haben wir hinter uns gebracht, Fräulein Hübscher", sagte er und lächelte schwach. „Aber wenn diese Meute nun unsere schöne Heimat in der Wahrnehmung der Öffentlichkeit als unsicher und gefährlich darstellt, na dann gute Nacht Eifel. Die kommende Feriensaison könnte verdammt schwierig werden. Abgesehen von den Sensationstouristen natürlich, die kommen immer.

Ah, da kommt ja auch Schwarzenegger. Na, wie war`s? Haben Sie die Eltern des toten Golffahrers ausfindig machen können?"

„Und ob, Chef. Die standen unter Schock, nachdem sie

vom Tod ihres Sohnes erfahren haben. Da bin ich nicht lange geblieben. Aber danach hab ich mich noch ein bisschen in dem Dorf, wo er wohnte, umgehört. Die Stimmung ist miserabel, das kann ich Ihnen sagen. Die Bevölkerung geht bereits auf Distanz zu den vielen Fremden, die aus reiner Neugierde in die Eifel kommen. Mich hat man auch zuerst für einen Schaulustigen gehalten. Das Misstrauen ist da, Chef. Die trauen sich selber untereinander nicht mehr. Ich habe gehört, dass sie sich wegen einer Lappalie an die Gurgel gehen. Und wie die auf die Polizei schimpfen! Wir sind natürlich wieder an allem Schuld. Besonders an Ihnen lässt man kein gutes Haar, Chef. Weil Sie es angeblich nicht fertig brächten, Ergebnisse zu präsentieren."

Laubach wusste, was Sigismund meinte. Er spürte, wie sich so langsam auch seine eigene Stimmung dem Nullpunkt näherte.

Siebtes Kapitel

03. Juni 2013
10.30 Uhr

Das Polizeipräsidium in Daun war nicht, wie das alte Bankgebäude unweit, in einem historischen Prachtbau untergebracht, sondern befand sich in einem rechteckigen Gebäudekomplex, dessen Mittelbau über einen erhöhten Sockel mit Kellerfenstern verfügte. Darüber streckten sich vier Vollgeschosse in die Höhe und mündeten in ein leicht geneigtes und deutlich über die Fassade reichendes Flachdach. Auch wenn dieser Komplex den Charme historischer Gebäude vermissen ließ, so war er dennoch ziemlich beeindruckend. Roger hatte seinen grünen Sportwagen auf dem Besucherparkplatz geparkt. Um Schaulustige fernzuhalten und Platz für die Einsatzfahrzeuge zu schaffen, hatte man einen Bereich von gut dreißig Metern in beide Richtungen abgesperrt. Er bemerkte neben den Einsatzfahrzeugen der Polizei fast doppelt so viele Zivilfahrzeuge. Nachdem er den MG abgeschlossen hatte, trottete er die Treppenstufen zum Eingang des mit Steinplatten verkleideten Gebäudes hinauf und meldete sich beim Empfang. Dort ließ man ihn sofort passieren. Roger ging weiter über den Korridor hinauf zur Kriminalabteilung. Laubachs Sekretärin saß an ihrem Schreibtisch und tippte irgendetwas in ihren Computer ein.

„Ah, sieh mal einer an, der Herr Peters!", sagte sie erfreut. „Gehen Sie nur durch. Hinten im Flur, erste Tür rechts. Die Herren erwarten Sie schon."

Herren?

Roger tat wie ihm geheißen, ging zur Tür des Besprechungszimmers, klopfte vorsichtig an und öffnete sie. Als er eintrat, verstummte das Gespräch, und alle Blicke richteten sich auf ihn. Ein unangenehmes Gefühl wollte sich in ihm breit machen, doch sofort ergriff Kommissar Laubach das Wort.

„Meine Dame und meine Herren, darf ich vorstellen, das ist mein alter Schulfreund Roger Peters. Von Beruf ist er Reisejournalist. Die meisten von Ihnen kennen ihn ja bereits. Roger, das sind die Herren Kriminalrat Schlesinger, Staatsanwalt Leyendecker, Kriminaltechniker Förster, mein Assistent Sigismund und unsere Psychologin Frau Schmalbein."

Roger nickte freundlich in die Runde, fühlte sich allerdings ein wenig fehl am Platze. Laubach erlöste ihn aus der Verlegenheit.

„Zieh dir `nen Kaffee am Automaten und pflanz´ dich in mein Büro. Ich komm nachher rüber. Wie du siehst, bist du mitten in eine Besprechung geplatzt, und natürlich dürfen wir keine Außenstehende in unsere Ermittlungen einbeziehen ..." Er kniff ein Auge zu. Die Anwesenden grinsten oder lächelten. Roger nickte in die Runde und verließ schleunigst den Besprechungsraum. Was die wohl so Wichtiges zu verhackstücken hatten? Und warum zum Teufel hatte Fräulein

Hübscher ihn überhaupt dort hineingeschickt, wenn er dort nur eine wichtige Konferenz störte?

Auf dem Weg zu Laubachs Büro passierte er den Kaffeeautomaten, warf eine Münze hinein, ließ die dampfende Brühe in einen Becher laufen und ging damit in Laubachs Zimmer. Dort setzte er sich auf einen Stuhl und versuchte seine Beine unter den Schreibtisch zu schieben. Es gelang ihm nur halb. Er wartete ...

Im Besprechungszimmer kam Förster als Erster zu Wort. „Wir haben gerade den Bericht über den Unfall am Bahnübergang in Arloff fertiggestellt", erklärte er. „Der Unfall war eindeutig getürkt. Das Zündkabel des Wagens war abgerissen, die Türen waren verriegelt, alle elektronischen Verbindungen waren gekappt. Den Wagen hätte kein Mensch mehr bewegen können. Dazu haben wir Reste eines Betäubungsmittels im Körper des Toten nachweisen können. Wir müssen jetzt eindeutig von einem vorsätzlichen Mord ausgehen."

„Also doch", murmelte Kriminalrat Schlesinger nachdenklich vor sich hin.

„Ich habe auch etwas Neues", sagte Laubach. „Eine Zeugin hat die Tote von Kelberg wiedererkannt. Unser Mordopfer heißt Lena Ullrich. Es besteht eindeutig eine Verbindung zu dem toten Fahrer des roten VW Golfs. Die beiden haben sich gekannt. Bernd Schäfer, so hieß der Tote des Unfallfahrzeugs, hat Lena Ullrich noch am Dienstagabend von der Volkshochschule in Bad Münstereifel abgeholt. Sie belegte dort seit etwa einem Monat einen Spanisch-Kurs und wohnte in Mechernich. Die Kollegen vor Ort stellen dementsprechende

Nachforschungen an. Die Angehörigen sind bereits informiert. Ansonsten habe ich keine weiteren Informationen. Die Befragung von Bauer Lohmann hat nichts gebracht. Das gleiche gilt für die Bevölkerung von Bad Münstereifel. Bisher hat niemand etwas gehört oder gesehen. Aber wir stehen ja erst am Anfang unserer Ermittlungen. Wenigstens hat das Foto in der Zeitung bereits einen ersten Erfolg gebracht. Ich werde die Tage selbst noch hinaus nach Bad Münstereifel fahren und mit Bauer Lohmann sprechen."

Als nächster ergriff Sigismund das Wort.

„Ich war ja gestern bei den Eltern des toten Golffahrers. Der Mann wohnte noch bei seinen Eltern, und die waren natürlich geschockt, als ich ihnen die Nachricht von dem Unfall überbrachte. Sie wollten partout nichts rauslassen. Seine Mutter hat überhaupt nicht gesprochen, sondern nur geheult, und sein Vater hat nur gemeint, dass sein Sohn ihm schon lange nicht mehr erzählte, wo und mit wem er die Nächte verbrachte. Er vermutete, dass Bernd bei einem Mädchen war. Um wen es sich dabei handelte, konnte er mir allerdings nicht sagen. Er meinte, sein Sohn hätte in der letzten Zeit keine feste Freundin gehabt. Und arbeitslos war er auch. Leider war die Befragung ein ziemlicher Reinfall. Ich habe mich dann noch etwas im Dorf umgehört und bin dann ziemlich schnell zurückgefahren."

Laubach wollte gerade einen Kommentar einbringen, doch Kriminalrat Schlesinger kam ihm zuvor. „Ich begreife überhaupt nicht, warum Laubach ausgerechnet Sie damit nach Berg geschickt hat, wo doch das Ergebnis bereits von vorne herein feststand."

Es folgte ein allgemeines Gelächter. Nur Laubach schaute seinen Vorgesetzten mit grimmiger Miene an.

„Ich war bei der Pressekonferenz und hatte keinen weiteren Mann zur Verfügung! Eigentlich hatte ich auch mit Ihrer Teilnahme gerechnet. Wir haben zwei Morde, und das erfordert vollste Konzentration. Außerdem halte ich es für richtig, wenigstens ab und zu mit der Presse zusammenzuarbeiten. Aber Ihnen muss ich ja diesbezüglich keine Erklärung abgeben.“

Das saß. Schlesinger verkniff sich mit sauertöpfischer Miene eine Antwort.

„Haben Sie auch etwas dazu zu sagen, Frau Schmalbein?“ fragte Staatsanwalt Leyendecker und blickte die Polizeipsychologin an.

Sie erwiderte den Blick. „Ich habe nur kurz die Akten einsehen können, aber ich möchte mich …“

„Gut, dann machen wir weiter …“

„… der Meinung von Herrn Förster anschließen, dass der Crash am Bahnübergang in Arloff kein Unfall war, wohl aber wie ein Unfall aussehen sollte, so dass zunächst keiner annehmen würde, es sei Mord gewesen.“

Leyendecker kratzte sich das Kinn. „So weit sind wir auch bereits gekommen. Gerade eben haben wir gehört, dass es kein Unfall war und dass sogar eine Verbindung zu dem Mordopfer von Kelberg besteht. Außerdem hat jemand bei beiden Toten eine Botschaft hinterlassen.“

„Sie meinen den Anhänger mit dem Yin und Yang Symbol?“

„Sie haben mich genau richtig verstanden, Frau Schmalbein.“

„Diesmal also ja!"

„Wie bitte? Wie meinen Sie das?"

„So wie ich es gesagt habe, nämlich, dass der Kerl diesmal etwas hinterlassen hat. Es könnte doch gut sein, dass er schon viel früher aktiv war und dass es bereits andere Unfälle dieser Art gegeben hat."

Schweigen. Laubach blickte zu Kriminalrat Schlesinger, der zu Staatsanwalt Leyendecker, der wiederum schaute zurück zu Laubach. Der stand auf und eilte aus dem Besprechungszimmer.

Seine Sekretärin saß an ihrem gewohnten Platz und sortierte Papiere.

„Fräulein Hübscher, wären Sie wohl so freundlich und würden einmal alle Unfälle mit tödlichem Ausgang der vergangenen zwei bis drei Jahre durchgehen?"

Ruckartig setzte sie sich auf. „Wird gemacht, Chef. Ich dachte, Sie wären noch im Meeting?"

„Bin ich ja auch, und zwar mittendrin!"

„Nur hier in der Vulkaneifel, Chef?"

„Wie bitte? Ach so nein, nehmen Sie sich die komplette Eifel zur Brust."

Bei dem letzten Wort musste er grinsen, fasste sich aber gleich wieder und wurde ernst.

„Also, Sie wissen Bescheid, und jetzt muss ich schnell zurück zu den anderen."

Fräulein Hübscher widmete sich sofort ihrem Computer, und Laubach eilte zurück in den Besprechungsraum.

„Moment mal", hörte er Kriminalrat Schlesinger gerade sagen. „Wieso glauben Sie, dass jemand auf einmal anfängt, Symbole zu verteilen, wenn er das vorher nicht getan hat?"

„Weil es ihm keinen Spaß mehr macht, ein Genie zu sein, wenn niemand etwas davon mitbekommt. Er hinterlässt uns eine Botschaft, ein Signal", antwortete die Polizeipsychologin.

Die versammelten Herren nickten einverständlich. Nur der Kollege Sigismund starrte sie ungläubig an.

Das war es also, wovon sie jetzt ausgehen mussten.

Achtes Kapitel

12.15 Uhr

Es war bereits nach Mittag, als sich die Besprechung endlich auflöste. Laubach eilte aus dem Besprechungsraum und ging in sein Büro. Roger stand am Fenster und schaute auf die Straßen von Daun. Er war bereits bei seinem dritten Kaffeebecher angekommen.

„Der Verkehr da unten wird auch immer schlimmer", sagte er, ohne sich umzudrehen. Er hatte am Knarren der Tür gehört, dass jemand den Raum betreten hatte.

„Tut mir wirklich Leid, Roger, dass du so lange warten musstest. Wir sind gerade erst fertig geworden."

„So schlimm?"

„Noch viel schlimmer. Kriminalrat Schlesinger geht der Arsch auf Grundeis. Die Presse macht mächtig Druck. Und trotzdem lässt er mich die Konferenz alleine durchführen. Typisch Schlesinger."

„Ich habe von dem Unfall in Arloff gehört. Kommt mal wieder alles auf einmal zusammen, was?"

„Vor allem, weil es gar kein Unfall war."

„Was sagst du da?"

„Eigentlich darf ich ja nicht darüber sprechen. Es war

Mord, Roger. Das Opfer ist vorher betäubt worden."

„Ich glaub´, ich werd´ nicht mehr!"

„Es kommt sogar noch besser. Es besteht eine Verbindung zu der Toten, die ihr auf dem Anhänger gefunden habt."

„Also weißt du, wer sie ist?"

„In der Tat. Es hat sich jemand gemeldet, der die Frau kannte. Aber das ist jetzt wirklich top secret, Roger."

„Kein Problem, Kloppe. Du weißt doch, ich kann schweigen wie ein Grab."

„Und nur deswegen spreche ich mit dir darüber … allerdings …"

„Allerdings was, Kloppe?"

„Du fragst dich sicher, weshalb ich darum gebeten habe, dass du hierher kommst. Also äh, em … Ich meine, du hast doch schon einmal bei der Aufklärung eines Verbrechens eine gute Nase bewiesen."

„Denkst du an den Fall mit Edith?"

„Ja, ganz genau, den meine ich. Wie geht's ihr übrigens?"

„So weit ganz gut. Kennst ja ihre Welt in Köttelbach. Sie geht noch ab und zu zum Arzt, und dann die Termine bei den Psychologen."

„Gut, dass sie die Hilfe annimmt."

„Du sagst es. Es wird auch noch eine Weile dauern, bis sie ganz über´m Berg ist. Für mich ist das auch nicht einfach. Sie lässt mich immer noch im Gästezimmer übernachten."

„Immer noch? Das zieht sich aber wirklich hin."

„Sie ist eben ein wenig sensibel, die gute Edith."

„Na, ich möchte dich sehen, nach all dem was sie durchgemacht hat. Aber zurück zu dem Grund, weshalb ich dich überhaupt hierher gebeten habe. Eventuell, aber nur ganz eventuell, würde ich noch einmal deine Hilfe brauchen. Ganz unverbindlich, natürlich, nur um mal eine andere Sichtweise zu hören."

Roger grinste vor sich hin. „Spuck`s schon aus Kloppe."

„Ich bin mir noch nicht ganz sicher, Roger. Irgendetwas an diesem Fall stinkt gewaltig. Lass uns besser bei Günni und einem kühlen Bier darüber sprechen. Das ist nichts Offizielles, das erzähle ich dir rein privat, verstanden?"

„An mir soll´s nicht liegen. Egal was es ist, du kannst auf mich zählen. Wann wollen wir uns treffen?"

„Ich hatte eigentlich gleich mit dir darüber reden wollen, Roger, aber das geht jetzt doch nicht, die Besprechung dauert länger, als ich gedacht habe. Also alles zu seiner Zeit. Im Moment weiß ich noch nicht genau, wo es lang geht. Ich muss erst noch weitere Ermittlungsergebnisse abwarten."

Am späten Nachmittag, Roger war schon längst gegangen, bekam Laubach das Ergebnis. Fräulein Hübscher hatte tatsächlich etwas gefunden. Sie hatte am Computer alle Unfälle mit tödlichem Ausgang überprüft und war dabei auf vier Fälle mit Mordverdacht gestoßen. Das besondere an diesen Fällen war, dass man die anschließenden Ermittlungsverfahren aufgrund fehlender Beweise eingestellt hatte.

„Vielleicht ist das eine falsche Fährte, aber ich denke, es könnte nichts schaden, wenn wir uns diese Fälle sicherheitshalber noch einmal vornehmen", sagte Laubach daraufhin zu seinem Assistenten Sigismund und schickte ihn ins Archiv, um die entsprechenden Akten zu holen. Keine fünfzehn Minuten später war er wieder da, bepackt mit mehreren Ordnern, die reichlich verstaubt aussahen.

„Ich hab sie, Chef", sagte er und ließ die Ordner auf Laubachs Schreibtisch fallen.

„Aber das sind nur die regionalen Fälle. Auf die von außerhalb müssen Sie noch warten. Fräulein Hübscher hat sie gerade eben angefordert."

Laubach hustete in die Staubwolke, schnellte von seinem Stuhl hoch und riss das Fenster auf. Dann ging er zurück an seinen Schreibtisch, schnappte sich einen der Ordner und wischte mit einer Hand eine Spinnwebe von der Oberfläche.

Der erste Fall lag fast zwei Jahre zurück. Dabei war ein 50-jähriger Mann beim Streichen seines Hauses von der Leiter gefallen und hatte sich das Genick gebrochen. Irgendetwas musste die Kollegen damals misstrauisch gemacht haben, denn sie hatten den Verunglückten in die Gerichtsmedizin gebracht und untersuchen lassen. Dabei wurden Textilfasern in seinem Mund entdeckt, die nicht zugeordnet werden konnten. Daraufhin hatten die Kollegen zunächst ein Verbrechen vermutet, waren aber dann letztendlich bei ihren Recherchen nicht weitergekommen. Also hatten sie den Fall ergebnislos zu den Akten gelegt.

„Daran kann ich mich noch gut erinnern, Chef", sagte Sigismund. „Ich bin damals selbst nach Erdorf gefahren und habe mit der Ehefrau des Verunglückten gesprochen. Sie glaubte, dass er ausgerutscht und von der Leiter gestürzt sei. Na ja, und dass der Pathologe diese fremden Textilfasern in seinem Mund gefunden hatte, was bedeutet das schon. Damals jedenfalls konnte sich niemand einen Reim darauf machen."

„Aber die Gerichtsmedizin hat den Leichnam untersucht? Sind Sie sich da ganz sicher, Schwarzenegger?"

„Wenn ich es Ihnen doch sage, Chef!"

„Gut, ich werde bei Gelegenheit mit denen darüber sprechen, genauso wie mit Förster. Vielleicht weiß der noch etwas."

Er schaute sich die anderen Ordner an. Bei den nächsten Fällen handelte es sich um einen jungen Mann und eine Mutter von zwei Kindern, die beide durch einen Unfall ums Leben gekommen waren. Der Mann hatte an einer Tankstelle in Hohenfels-Essingen gearbeitet und war beim Betanken eines Fahrzeugs von einem anderen Wagen erfasst und überrollt worden. Dabei muss er in einem toten Winkel gestanden haben, so dass der Unglücksfahrer, ein älterer Rentner, ihn einfach übersehen hatte. Die alleinerziehende Mutter zweier kleiner Kinder hatte als Aushilfskraft in einem Supermarkt gearbeitet und war an einen Stromschlag gestorben, den ein defektes Kühlaggregat verursacht hatte. Das war bei den heutigen Sicherungsvorschriften tatsächlich ungewöhnlich. Daraufhin hatten die Kollegen zunächst wegen fahrlässiger Tötung ermittelt – ohne Erfolg.

Dann war da noch die Sache am Bahnhof von Heimbach, wo eine ältere Frau vom Bahnsteig vor den einfahrenden Zug gestürzt war.

Mehr Unglücksfälle dieser Art gab es nicht. Sämtliche Ermittlungen waren eingestellt worden. Laubach und Sigismund waren nicht viel weiter gekommen, und auch in den beiden aktuellen Fällen waren die Fakten mehr als dürftig. Falls die Fälle wirklich zusammenhingen, sprach laut Aussage der Polizeipsychologin die Statistik in solchen Fällen für einen männlichen Täter zwischen dreißig und fünfzig Jahren. Möglicherweise war er von einer fixen Idee besessen, durch die in seinen Augen die Taten gerechtfertigt wurden. Aber ein eindeutiges Muster ließ sich in den beiden Fällen nicht erkennen, und eine Erklärung dafür, warum er den Mord am Bahnübergang Arloff wie einen Unfall hatte aussehen lassen wollen, hatte sie auch nicht.

Aber Laubach glaubte nicht, dass sich der Mörder seine Opfer rein zufällig aussuchte. Dagegen sprach schon allein die Tatsache, dass sich die beiden Opfer persönlich kannten. Wie dem auch sei, ein eindeutiges Täterprofil würde sich erst erstellen lassen, wenn es neue Fakten gab. Und das konnte bedeuteten, dass es noch weitere Morde geben würde, bis man den Täter schnappte. Das war es, was Laubach unbedingt verhindern musste.

„Für mich besteht da keinerlei Zusammenhang", sagte Sigismund, der die Ordner zurück ins Archiv bringen wollte. „Die Unfälle waren Unfälle, und damit basta. Ich denke, wir sollten uns ausschließlich um die beiden neuen Morde kümmern, Chef."

Laubach ignorierte Schwarzeneggers Einwand, war er doch viel zu sehr mit seinen eigenen Gedanken beschäftigt.

„Und wenn der Kerl seine Opfer doch nach dem Zufallsprinzip ausgesucht …?" dachte er laut nach.

„Weiß man`s, Chef? Bei diesen Freaks ist doch alles möglich." Laubach nickte geistesabwesend.

„Nur gut, dass langsam auch Hinweise aus der Bevölkerung eintreffen", sagte Sigismund nach einer kurzen Pause.

„Blöd ist nur, dass wir auch Empfehlungen von ehemaligen Knackis und anderen dubiosen Personen nachgehen müssen."

Laubach sah ihn an, ersparte sich aber jeglichen Kommentar. Er bewahrte die Hinweise, die er bereits erhalten hatte, in einem gesonderten Ordner auf. Er wusste, dass sein Team jedem einzelnen nachgehen musste, auch wenn dabei kostbare Zeit vergehen würde. Zeit, die sie eigentlich nicht hatten. Wo war er bloß? Dieser verfluchte rote Faden ...

„Haben Sie noch etwas ermitteln können Schwarz ..., äh Sigismund? Hatte die Frau Angehörige? Sind die bereits befragt worden? Wussten die von einem Freund? Haben andere Teilnehmerinnen des Spanischkurses etwas mitbekommen? Was ist mit dem Hof, auf dem die Rüben aufgeladen wurden? Wurde vielleicht in der Nachbarschaft ein roter Golf gesehen? Gab es andere verdächtige Botschaften? Weiß man, in welcher Verbindung die Opfer zueinander gestanden haben könnten?"

„Sie sind aber in Fahrt, Chef. Glauben Sie denn wirklich, dass das alles wichtig ist?"

Laubach konnte nicht glauben, was er da hörte. Schwarzenegger war noch schlimmer, als er gedacht hatte.

„Natürlich ist es das! Also kümmern Sie sich gefälligst darum! Oder haben Sie bessere Vorschläge?"

Bevor sein Assistent antworten konnte, steckte Fräulein Hübscher ihren Kopf durch Laubachs Bürotür.

„Chef?"

„Was gibt`s denn? Sie sehen doch, dass wir sehr beschäftigt sind."

„Ich wollte nur etwas zu bedenken geben. Was, wenn es sogar noch weitere Morde gegeben hat? Ich meine, wir haben noch nicht die Selbstmorde überprüft."

Laubach wäre fast von seinem Stuhl gefallen. „Verdammte Scheiße, wenn da was dran ist, dann hätten wir die größte Mordermittlung am Hals, die es jemals in der Eifel gegeben hat. Also gut. Sie haben damit angefangen, jetzt werden Sie auch der Sache nachgehen. Ich möchte, dass sie jeden einzelnen verdammten Selbstmordfall daraufhin überprüfen, Fräulein Hübscher, und wenn Sie dafür eine Nachtschicht einlegen müssen, habe ich mich klar genug ausgedrückt?"

„Ja Chef, dass haben Sie, es bringt aber nichts."

„Wieso?"

„Ich habe bereits mit Müller im Archiv gesprochen."

„Ja und?"

„Bei uns existiert kein Archiv über Selbstmörder."

„Hm… das hätte ich mir fast denken können. Datenschutz, was?"

„Nein. Das hat mit Datenschutz überhaupt nichts zu tun."

„Sondern womit dann?"

„Müller hat vor langer Zeit mal damit begonnen, alle Selbstmorde aufzulisten, es aber dann schnell dran gegeben."

„Und wieso?"

„Weil es einfach zu viele waren. Er ist nicht mehr nachgekommen."

„Scheiße, dann scheint die Eifel doch so düster und deprimierend zu sein, wie so oft behauptet wird. Überprüfen Sie eben das, was da ist!"

„Mach ich, Chef. Das Ergebnis bekommen Sie noch vor Feierabend."

„Feierabend ...?"

Neuntes Kapitel

04.Juni 2013
19.30 Uhr

Sie hatten ihn zu sich eingeladen, Edith und Roger. Grillen war eines der kleinen Freuden im Leben, die sich Kommissar Laubach noch gönnte. Besonders jetzt, wo er den Kopf voll hatte, konnte er ein wenig Abwechslung gut gebrauchen. Für ihn bedeutete dies eine kurze Zeit der Entspannung, die ihn von dem schwierigen Fall ablenkte.

Konzentriert gaben sich die beiden Männer der Kunst des Grillens hin. Edith stand etwas abseits und schaute dem Treiben zu. Gekonnt füllten die Männer das Innere des Grills mit Holzkohle auf. Danach platzierten sie an verschiedenen Stellen ein Stück weißen Grillanzünder und zündeten das Ganze an. Doch nichts geschah. Roger fluchte laut, als er sah, wie die Grillanzünder verbrannten, ohne dass die Kohle richtig zündelte. Dafür rauchte und qualmte es umso mehr. Edith wollte die Aktion entsprechend kommentieren, doch Roger machte eine abwehrende Handbewegung, und sie zog es vor, ins Haus zu gehen und sich um die Salate zu kümmern. *Der Klügere gibt schließlich nach!* Dafür ließ sie sich gründlich Zeit, denn den beiden Männern kam sie besser jetzt nicht in die Quere.

Als sie zurückkam, brannten die Kohlen tatsächlich. Auf dem Rost brutzelten köstlich aussehende Fleischstücke vor sich hin. Gar waren sie allerdings noch lange nicht. Überdies sickerte Fett in dicken Tropfen durch den Rost direkt auf die heiße Grillkohle, so dass es zischte. Sofort stiegen feine Rauchschwaden in die Luft und hüllten den Grill und seine Umgebung in eine graue Dunstwolke. Prustend prüfte Roger eines der riesigen Steaks, die nebst Würstchen und Schweinelendchen auf dem Grill lagen.

„Ich hab doch gesagt, dass sie noch nicht richtig durch sind", meckerte er.

„Na, dann lass sie doch noch eine Weile schmoren", erwiderte Laubach.

„Aber wir haben nicht mehr genug Grillkohle."

Edith stand in sicherer Entfernung zu dem Freiluftgrill und musste sich ein Grinsen verkneifen. *Männer und grillen*, dachte sie. „Ich könnte mal schnell zur Tankstelle fahren und Nachschub holen?", schlug sie vor.

„Lass gut sein. Darum kümmern wir uns."

„Äh, ist ja schon gut."

Was konnte sie angesichts solch geballter Ladung Männlichkeit anderes tun, als sich zurückzuhalten? Obwohl sie nicht besonders durstig war, öffnete sie eine Colaflasche und trank einen Schluck, mehr aus Gewohnheit und damit sie überhaupt irgendetwas zu tun hatte. Dabei beobachtete sie weiterhin die beiden Männer.

Kurt Laubach wirkte nicht gerade sportlich und auf Edith auch nicht gerade attraktiv. Er schien um Jahre gealtert zu sein, seit sie ihn das letzte Mal gesehen hatte. Er trug ein ungebügeltes weißes Hemd. Sein Bauch quoll über den Hosenbund und steckte in einer beigefarbenen Stoffhose, die auch schon bessere Zeiten gesehen hatte. Außer einem „Hallo!" und „Wie geht`s?" zur Begrüßung hatte er kaum mit ihr gesprochen. Dafür war Roger umso redseliger, wenn er nicht gerade mit dem Grill haderte. Im Moment stocherte er irgendwie planlos in den Kohlen herum. Eines war sicher: Ein begnadeter Grillmeister war er nicht.

„Das wird so nichts", meinte Laubach plötzlich und griff nach einer Plastikflasche mit einer grünen Masse, die er großzügig über die Grillkohle laufen ließ. Das Zeug sah eklig aus, doch die Flammen loderten sofort in die Höhe. „Verdammt", schrie er. Beide Männer machten einen Satz zurück.

Roger bog sich vor Lachen über das entsetzte Gesicht seines alten Schulfreundes. „Man darf nicht so viel von dem Zeug auf die Kohlen schmieren", sagte er.

„Ist doch nicht meine Schuld", grunzte Laubach zurück und hob die Flasche erneut. „Ich hab nur ganz leicht zugedrückt, aber das spritzt ja wie ein Regenguss aus der Flasche heraus."

Wie zur Bestätigung seiner Worte regneten wieder große, grüne Tropfen auf den Rost und hüllten den Grill in grauen Dunst.

„Jetzt sollte er heiß genug sein", konnte Edith sich einen Kommentar nicht verkneifen, als sie alle in Deckung gegangen waren. Roger zwickte ihr leicht in den Arm.

„Autsch! Ist ja schon gut. Am besten, ich geh` gleich die Salate holen."

Wenig später standen die Salatschüsseln zusammen mit

den Beilagen auf einem Campingtisch. Der Rauch vom Grill zog jetzt genau darauf zu.

„Scheiße!", rief Roger. „Bei diesen Rauchschwaden wird doch alles geräuchert! Los, packt mal mit an! Wir stellen die Teller und Schüsseln auf den Boden. Nimmst du die Gläser, Edith?"

Die schaffte es nicht mehr, ernst zu bleiben, und krümmte sich vor Lachen. So etwas hatte sie schon lange nicht mehr erlebt. Verblüfft stellte sie fest, dass sie soeben das erste Mal seit ihrer Entführung wieder richtig gelacht hatte.

Als der Dunst sich verzogen hatte, brutzelte das Fleisch friedlich über der heißen Glut. Später saßen sie auf Ediths neuen Gartenmöbel und verspeisten die Steaks mit Salat und Beilagen. Dazu gab es einen guten Rotwein.

Laubach spürte wie die Anstrengungen der vergangenen Tage langsam von ihm abfielen. So gut hatte er sich schon lange nicht mehr gefühlt.

Als nur noch ein paar verkohlte Würstchen übrig geblieben waren und die Grillkohle sich in kleine Aschehäufchen verwandelt hatte, gingen Edith und Roger in die Küche, um Kaffee zu kochen. Die Sonne war jetzt vollständig verschwunden und die Felder lagen in völliger Dunkelheit. Laubach stand auf und ging hinüber zu dem Holzzaun, der Ediths Grundstück eingrenzte. Leichter Wind war aufgekommen. Irgendwo in der Dunkelheit machte sich ein Waldkauz bemerkbar. Laubach spürte, wie ihn fröstelte. *Eine Atmosphäre fast wie in einem Edgar Wallace-Film,* dachte er. Plötzlich stand Roger neben ihm und reichte ihm einen Becher mit Kaffee. Laubach zuckte zusammen. Er hatte seinen Freund überhaupt nicht kommen hören.

„Hab ich dich erschreckt?", fragte Roger.

Na, der hat vielleicht Nerven! So wie der sich anschleicht ...

„Ich hoffe, du trinkst den Kaffee schwarz?"

„Normalerweise mit Milch und Zucker, aber schwarz ist auch o.k.", erwiderte Laubach. „Ist Edith noch im Haus?"

„Ich glaube, sie räumt schon mal ein wenig auf. Und du? Genießt du den Ausblick?"

„Eher die merkwürdige Abendstimmung. Man kann ja fast nichts mehr erkennen."

„Aber eigentlich ist es doch schön hier, nicht wahr? Ich meine, wenn man Wälder, Wiesen und Felder mag."

„Und, magst du sie?"

Roger zuckte mit den Achseln. „Ich liebe die Natur, oder sagen wir besser, ich habe mich an sie gewöhnt. Ansonsten leben wir hier halt auf dem Dorf, und die Leute können auch verdammt komisch werden. Ich meine natürlich, sehr eigen. Der ewige Klatsch, verstehst du? Wenn sie es einmal auf dich abgesehen haben, dann gehen sie auf dich los, egal was du getan oder eben nicht getan hast. Das kann manchmal ganz schön bedrückend sein, aber das muss man wissen, wenn man vorhat, länger hier zu bleiben."

„Womit du sicherlich Recht hast", meinte Laubach. Mehr fiel ihm dazu nicht ein. In seinen eigenen Worten spürte er Bitterkeit. Vielleicht war das der Grund dafür, warum ihm heute Abend nicht allzu häufig nach Sprechen zumute gewesen war?

„Stell dir mal vor, die Hübscher hat noch ein paar Fälle von Selbstmord ausgegraben. Sehr fragwürdige Fälle, falls du verstehst, was ich meine?"

„Du denkst, es könnten weitere Morde sein?"

„Wenigstens kann ich es nicht mehr ausschließen. In zwei Fällen hat man nämlich bei den Opfern einen schwarz-weißen Anhänger mit dem Yin und Yang Symbol gefunden. Aber selbstverständlich hat sich keiner damals etwas dabei gedacht. Nach den neusten Erkenntnissen, die wir haben, erscheint das Ganze natürlich in einem ganz anderen Licht. Nur eins verstehe ich nicht. Unser Unbekannter lässt seine Taten wie Unfall oder Selbstmord aussehen, aber was ist mit der toten Frau, die Herbert und du auf dem Hänger gefunden habt? Die passt doch überhaupt nicht in sein Schema. Und warum hinterlässt er bei einigen seiner Opfer diese blöde Kette und bei anderen nicht?"

„Warum leckt sich ein Rüde die Eier, Kloppe?"

„Dieser Satz hat doch einen langen Bart, Roger. Weil er es kann und weil ihm danach ist."

„Siehst du!"

„Du meinst …"

„Wäre doch möglich."

„Danke, aber das hilft mir auch nicht weiter. Ich meine, wenn Fräulein Hübschers Mutmaßungen stimmen, dann können wir von beinahe zehn Mordfällen ausgehen. Das bedeutet, es gibt möglicherweise zehn Tote, die wahrscheinlich von ein und derselben Person ermordet wurden. Und dabei hat meine Sekretärin gar nicht alle Selbstmordfälle überprüfen können. Kannst du dir das überhaupt vorstellen, Roger?"

„Das versuche ich lieber erst gar nicht."

„Und zu allem Überfluss liegt, laut Angaben der Hübscher, der erste vermutliche Mord fast drei Jahre zurück."

„Du meinst, die Tat ist so lange unentdeckt geblieben? Da wird von dem Toten aber nicht mehr viel übrig sein, was sich zu exhumieren lohnt. Vielleicht ein paar Knochen, aber sonst …"

„Er hat seine Tat damals, wie die nächsten auch, als Selbstmord getarnt."

„Mensch, Kloppe, wenn das wahr ist …"

„Ich hab da so ein verdammtes Scheißgefühl, Roger."

„Und wenn du dich irrst?"

„Kaum. Vielleicht haben wir jetzt sogar einen Anhaltspunkt."

Er machte eine Pause. Fast kam es Roger so vor, als müsste er noch überlegen, was er ihm anvertrauen konnte.

„Wieso? Nun mach es nicht so spannend Kloppe."

„Also gut. In Trier hat es vor vier Wochen einen Unfall gegeben. Bei einer Abschlussfeier im Palais Walderdorff hat sich ein Mann bei einem Sturz den Schädel zertrümmert."

„Unfall?"

„So steht es jedenfalls im abschließenden Bericht der Kollegen. Anfangs sind die allerdings von einem Verbrechen ausgegangen, weil man unter den Fingernägeln des toten Mannes Stoffreste entdeckt hatte, die nicht mit ihm in Verbindung gebracht werden konnten. Doch da es keine weiteren Hinweise gab, hat man das ganze am Ende doch für einen Unfall gehalten und die Ermittlungen eingestellt. Immerhin hatten an der Feier mehr als fünfzig Personen teilgenommen. Der Anlass dazu waren übrigens bestandene Sprachprüfungen vor der Industrie und Handelskammer. Fremdsprachenkorrespondent nennt sich das Ganze wohl. Die Absolventen, meist Teilnehmer von Abendkursen, hatten ihre Zertifikate bekommen und anschließend die Auszeichnungen im Palais Walderdorff gebührend gefeiert. Und dabei soll es zu dem Unfall gekommen sein. Gemäß übereinstimmender Aussage von Zeugen, die das Ganze allerdings nur von unten beobachten konnten, war der Mann vom Balkon des Palais gestürzt und mit dem Kopf auf den gepflasterten Domhof geknallt."

Roger konnte Laubachs Ausführung nicht richtig folgen.

„Moment mal, Kloppe. Du redest von Abendschule und Sprachdiplomen. Du meinst doch nicht etwa die Volkshochschule?"

„Doch, genau die meine ich, und da haben wir schon die nächste Gemeinsamkeit mit unserem aktuellen Fall. Aber es kommt noch besser. Förster hat sich die Stoffreste von dem Abschlussfeier-Opfer aus Trier kommen lassen und sie mit den Fasern verglichen, die zwei Jahre früher bei einem weiteren vermeintlichen Unfall im Mund eines Opfers gefunden worden waren. Die Einzelheiten will ich dir gern ersparen, aber was soll ich dir sagen Roger, sie sind identisch. Na, jetzt bist du platt, was?"

Roger fiel tatsächlich die Kinnlade herunter. Das, was er soeben erfahren hatte, hörte sich beinahe abenteuerlich an. Laubach hatte eine Verbindung zu einem Unfall gefunden, der bereits Jahre zurück lag. Und der Kommissar erzählte weiter. Anscheinend hatte er seinen Redefluss den ganzen Abend dafür aufgespart.

„Was mich jetzt dringend interessiert, ist, warum hinterlegt der Scheißkerl neuerdings bei bei seinen Opfern ein Symbol und früher nicht? Und warum hat er diesmal in Trier zugeschlagen, außerhalb des eigentlichen Kerngebietes der Eifel?"

Roger überlegte. „Vielleicht, weil er dort wohnt? Ich meine in Trier. Gibt es da noch etwas in Zusammenhang mit der Stadt Trier?"

„Stimmt! Eine Mutter von zwei Kindern, eine Aushilfskraft! Hat vor Monaten in einem Supermarkt einen Stromschlag erlitten. Und dieser Supermarkt war auch in Trier."

„Kloppe, am Besten, du lässt deine Sekretärin wieder im Computer nachsehen, ob es noch weitere Verbindungen zu Trier gibt. Vielleicht wohnt er wirklich dort?"

„Okay, und wieso glaubst du das? Ich meine, er könnte doch genauso gut in der Eifel wohnen und nur für seine Morde nach Trier gefahren sein."

„Weil ich denke, dass das alles nur ein Teil seines Verwirrspiels ist. Zuerst hast du nur den einen Fall gehabt und vermutet, dass der Mörder aus der hiesigen Umgebung stammen muss. Ich meine, es hat alles so ausgesehen, als gäbe es keine direkte Verbindung zwischen dem Mörder und deinen älteren Mordfällen. Und keine zwischen den einzelnen Opfern untereinander. Deshalb konntet ihr bisher auch noch keinen Zusammenhang zu Trier feststellen und vielleicht genau aus diesem Grund machte er sich den Spaß, euch jetzt zusätzlich mit dieser Kette und dem Yin und Yang Symbol zu zeigen, dass er für sehr viel mehr als nur einen Mord verantwortlich ist. Er will euch herausfordern, das ist alles. Mehr steckt nicht dahinter. Und nenn´ es meinetwegen meine Journalistennase, aber ich kann mir so einen Mann einfach nicht in einem Eifeldorf vorstellen. Nach Trier passt der für mich besser."

„Hm…" Laubach räusperte sich. „Du klingst irgendwie wie die Schmalbein, unsere Polizeipsychologin. Aber plötzlich ist da ein Mord, der nicht wie ein Unfall aussieht. Ich frage mich, wieso? Ist es dem Mörder zu langweilig geworden oder gibt es diesmal vielleicht eine direkte Verbindung zu dem Opfer?"

„Du meinst irgendeine persönliche Beziehung? Hass, Liebe, Eifersucht, und so weiter …"

„Könnte doch sein."

„Sind die Leute bereits überprüft worden, die auf der Feier waren?"

„Selbstverständlich. Die Trierer Kollegen haben alle namentlich registriert, überprüft und befragt."

„Wie viele Einwohner hat Trier überhaupt?"

„Ungefähr 100.000, ein bisschen mehr vielleicht. '

„Und davon könnte einer unser Mörder sein. Also vielleicht solltest du diejenigen, die auf der Feier waren, noch einmal befragen lassen?"

„Damit der Mörder gewarnt wird und sich rechtzeitig aus dem Staub machen kann? Das ist keine gute Idee, Roger."

„Hast Du einen besseren Vorschlag?"

Laubach schaute ihn einen Moment lang an. Dann sagte er: „Nun, vieles scheint doch auf die Volkshochschule hinzudeuten. Zuerst haben wir einen Bezug zu der Volkshochschule in Bad Münstereifel und jetzt einen zu der Volkshochschule in Trier. Vielleicht sollte da mal jemand hinfahren und beobachten, wer da alles so ein- und ausgeht."

„Du meinst so etwas wie einen verdeckten Einsatz?"

„Ja, so etwas in der Richtung. Und dabei habe ich an dich gedacht, Roger."

„Was?"

„Du hast ganz richtig gehört. Erinnerst du dich an unser kurzes Gespräch gestern in meinem Büro?"

„Ja, und?"

„Also ich kann doch schlecht den Schwarzenegger nach Trier schicken. Der versaut mir doch alles. Ich meine, du sprichst Spanisch und knüpfst gerne Kontakte zu anderen Menschen. Schon allein deines Berufes wegen. Du schließt doch gerne Freundschaften, nicht wahr?"

„J... ja sicher, das schon. Aber wenn du deshalb glaubst, ich sei der Richtige für diese Aufgabe?"

„Traust du dir das etwa nicht zu?"

„Doch schon, ich wundere mich nur."

„Ganz einfach, ich erkläre es dir. Die meisten, die einen Abendkurs an einer Volkshochschule besuchen, sind kultiviert und zwischen 30 und 50 Jahre alt. Das trifft genau auf dich zu. Also ich dachte, du könntest nach Trier fahren und dich bei der Volkshochschule anmelden. Dann sehen wir ja, was passiert. Natürlich ist das ganze inoffiziell, sagen wir mal rein freundschaftlich, das ist dir doch klar, oder?"

„Natürlich! Ich soll für dich die Kohlen aus dem Feuer ziehen und die Polizei von Daun streicht den Lohn für meine Arbeit ein ..."

„Als ob dir das nicht sehr gelegen käme. Ich kenne dich doch, alter Haudegen. Übrigens glaubt unsere Psychologin in unserem Fall nicht an einen Psychopathen. Sie hat mir etwas von einer narzisstischen Persönlichkeitsstörung erzählt, die bei unserem Täter eine Rolle spielen soll. Wie auch immer, ist ja auch egal. Nur eins solltest du unbedingt wissen. Solche Typen gehören zu den gefährlicheren Kriminellen. Sie warten ab, planen sorgfältig und schlagen dann emotionslos zu, während sich der Psychopath von seinen Emotionen leiten lässt. Und genau deshalb werden die Psychopathen im Allgemeinen auch schneller gefasst. Und unter den Verbrechern, die niemals geschnappt werden, sind die Narzissten am häufigsten vertreten."

„Na, das sind ja hervorragende Aussichten, Kloppe. Kannst du mir wenigstens erklären, woran man einen Narzissten erkennt?"

„Den erkennst du nicht Roger. Und schon gar nicht, indem du nach irgendwelchen dunklen Seiten bei ihm suchst. Glaub mir, er ist sich nur allzu bewusst, wie er nach außen hin wirkt. Der achtet sehr auf seine Fassade. Innen drin ist er eiskalt. Nur, dass er dies vor seiner Außenwelt geschickt zu verbergen weiß. Vielleicht suchst du einfach nach jemandem, der zu nett ist …"

Roger überlegte. Aber schließlich nickte er. „Ich mache es", sagte er. „Schließlich hast du bei mir auch noch etwas gut, wegen Edith und so …"

Wenig später verabschiedete Laubach sich. Roger begleitete seinen Schulfreund bis ans Tor und setzte sich danach noch auf die kleine Bank, die vor Ediths Haus stand. Dort dachte er darüber nach, was Laubach gemeint hatte. Besser gesagt, *wie* er es gemeint hatte. *Was genau, zum Teufel, soll ich für ihn tun?*

Und was dachte er darüber? Und wieso hatte Laubach so merkwürdig bedrückt gewirkt? *Ach was.* Vermutlich war Laubach nur ein wenig überempfindlich, und er sollte sich nicht so viele Gedanken machen. *Laubach hat den Eifelblues, na und?*

Genau das traf die Sache auf den Punkt.

In dem Moment hörte er Edith rufen.

„Hey, Roger! Willst du die ganze Nacht da draußen sitzen bleiben?"

Und schon waren die Gedanken an den Eifelblues vergessen.

Zehntes Kapitel

Während sich in Kelberg und Umgebung die Geschehnisse wie ein Lauffeuer verbreiteten und Laubach mit seinen Kollegen unterwegs war, um die Bewohner zu befragen, fuhr Roger Peters zwei Tage später nach Trier. Für seinen Ausflug hatte er sich extra Ediths alten Corsa ausgeliehen, denn sein englischer Roadster würde hier zu viel Aufsehen erregen. Natürlich hatte das einige Erklärungen für Edith erfordert. Letzten Endes hatte sie zugestimmt, auch wenn ihr bei dem Gedanken, längere Zeit alleine bleiben zu müssen, sichtlich nicht wohl war. Aber Laubach hatte bei ihr seit ihrer Rettung noch etwas gut …

Roger fuhr direkt in das Zentrum der Stadt, parkte den Opel in der Nähe des Doms und ging hinüber in den Domfreihof. Weil dort laut Laubach die Examensfeiern stattgefunden hatten, vermutete Roger, dass sich die Volkshochschule im antiken Palais Walderdorff befand. Dort hatte einst schon Napoleon übernachtet. Von der Anmut des Gebäudes beeindruckt, betrat er den mit einem zierlichen Balkon geschmückten Vorbau und landete prompt in der Stadtbibliothek.

„Hier sind Sie falsch, mein Herr", sagte man ihm, als er

sich nach der Volkshochschule erkundigte. „Sie müssen wieder zurück auf den Hof und dann nach rechts, zu dem Gebäude mit dem runden Torbogen."

Roger tat, wie ihm geheißen. Das Nebengebäude des eigentlichen Palais war nicht weniger bemerkenswert. *Schon beeindruckend, was die Kurfürsten Mitte des 18. Jahrhunderts geleistet haben,* dachte er.

Im Eingangsbereich der Volkshochschule befand sich ein Wegweiser. „*Kursbereiche*" stand in große Lettern ganz oben auf der Tafel geschrieben. Darunter waren die Bereiche Gesellschaft, Kultur-Gestalten, Gesundheit, Sprachen, Arbeit-Beruf, Grundbildung-Schulabschlüsse und Spezial angegeben. Er suchte unter den Sprachen weiter. Davon wurden in Trier mehr als zwölf angeboten, inklusive Luxemburgisch und einem Last-Minute-Reise-Sprachkurs. Roger wandte sich an das Sekretariat und erfuhr, dass die neuen Semester gerade erst vor einer Woche angefangen hatten. Er meldete sich für Spanisch-Intensiv an. Man sagte ihm, die nächsten Unterrichtsstunden seines neuen Kurses würden noch am gleichen Abend stattfinden.

Bis es soweit war, hatte er allerdings noch ein paar Stunden Zeit totzuschlagen. Die nutzte er, um sich in der Stadt ein wenig umzusehen.

Trier hatte eine Menge Attraktionen zu bieten. Das galt vor allem für die Vielzahl an historischen Gebäuden, die sich zum Teil bis in die Römerzeit zurückdatieren ließen. Er streifte eine Weile durch die Innenstadt und bewunderte die alten Gemäuer. Dann beschloss er, sich nach einer geeigneten Bleibe umzusehen, wusste er doch, dass er sich für einen längeren Zeitraum in Trier würde aufhalten müssen. Besonders dann, wenn er soziale Kontakte knüpfen wollte. Seine zukünftige Unterkunft sollte möglichst unauffällig sein. Roger notierte sich einige Namen und Adressen. Wo genau er wohnen wollte, würde er zu einem späteren Zeitpunkt festlegen. Zunächst galt es, die ersten Unterrichtsstunden hinter sich zu bringen, und im Anschluss daran musste er sowieso zunächst wieder zurück in die Eifel fahren und mit Edith die nächsten Tage planen.

Um 19:30 Uhr war es dann so weit. Etwa zwanzig Personen betraten den kleinen Saal im Nebengebäude des Palais Walderdorff und belegten zielstrebig die schon beim ersten Termin von ihnen ausgesuchten Plätze. Roger sah sich um und suchte nach einem freien Stuhl. Er fand ihn in der dritten Reihe, neben einem Mann seines Alters, zwängte sich durch die engen Reihen und setzte sich.

Auf einmal brach das allgemeine Gebrummel abrupt ab. Der Dozent hatte den Saal betreten. Er war etwa Mitte Vierzig, war groß und dunkelhaarig und wirkte etwas konservativ aber dynamisch.

„Er heißt Mendoza und stammt aus Argentinien", sagte Rogers Tischnachbar.

„Oh, vielen Dank."

„Buenas noches, Senoras y Senores", begrüßte Mendoza die Anwesenden.

„Ich sehe hier einige neue Gesichter. Bevor wir anfangen, möchte ich noch einmal die Namensliste herumgehen lassen. Bitte tragen Sie sich ein. Und jetzt noch einmal für die Neuankömmlinge: Ich leite nicht nur diesen Spanischkurs hier und heute, sondern werde auch später ihr Prüfer sein, wenn Sie versuchen, Ihre Kenntnisse vor der Industrie und Handelskammer unter Beweis zu stellen. Das bedeutet, ich verlange von Ihnen, dass Sie hart arbeiten. Die Zeit ist relativ kurz bemessen und die Prüfung ist anspruchsvoll. Diejenigen unter Ihnen, die dazu nicht bereit sind, mögen jetzt bitte aufstehen und hinüber zu den Rentnern und Hausfrauen in den Anfängerkurs gehen. Also bitte, wie sieht es aus …?"

Niemand erhob sich und niemand verließ den Raum. Roger blickte in die Gesichter der Teilnehmer. War wirklich einer unter ihnen ein eiskalter Mörder?

Der Unterricht begann mit einer Konversation in spanischer Sprache. Jeder Einzelne musste sich vorstellen und ein wenig über sich erzählen. Dazu machte sich Mendoza die eine oder andere Notiz. Nach neunzig Minuten gab es eine kurze Pause. Die meisten gingen nach draußen, um eine zu rauchen, oder begaben sich in den Aufenthaltsraum, wo der Kaffeeautomat stand. Roger tat es ihnen gleich. Der Raum füllte sich schnell, und vor dem Automat bildete sich eine Schlange. Roger stellte sich in die Reihe der Wartenden und suchte das Gespräch mit seinem Vordermann.

„Ganz schön streng, dieser Mendoza, nicht wahr?" sagte er.

Der Kollege vor ihm drehte sich zu ihm um und grinste. „Na, und wenn schon. Hier trennt sich wenigstens die Spreu vom Weizen."

Roger war überrascht. „Na ja, wenn Sie das so sehen … Ich habe gehört, die legen hier ein ganz schönes Tempo vor.

Ich war vorher in Bad Münstereifel an der Volkshochschule."

Der Typ vor ihm rümpfte die Nase. „Sie kommen aus der Provinz?", fragte er mit etwas herablassender Stimme.

„Das kann man wohl so nennen."

„Tja, also das Niveau hier in der Stadt ist in jedem Fall höher als bei Ihnen auf dem Dorf."

Bad Münstereifel und ein Dorf, dachte Roger. *Was würde der erst dazu sagen, wenn ich ihm erzähle, dass ich aus Köttelbach komme ...*

Die Reihe der Wartenden verkürzte sich schnell. Der Typ vor ihm schaute ihn belustigt an. Roger machte einen auf Provinzler und beschloss einen ersten Versuch zu wagen. „Dann war vielleicht Leistungsdruck der Grund für den Selbstmord?"

Die Mimik des Mannes vor ihm änderte sich schlagartig. Plötzlich blickte er ihn scharf an. „Selbstmord?", fragte er. „Wovon sprechen Sie überhaupt?"

„Na, bei dieser Abschlussfeier. Ich hab darüber in der Zeitung gelesen. Dabei soll sich doch jemand vom Balkon des Palais gestürzt haben?"

„Ach so, diese Geschichte meinen Sie. Das war aber kein Selbstmord, sondern ein Unfall. Ich bin an jenem Abend auch dort gewesen. Der Mann hieß Rainer Hohn."

Roger musste sich zusammenreißen, um sich bei dem Namen ein Grinsen zu verkneifen. Stattdessen hakte er sofort nach. „Und, haben Sie ihn gekannt?"

„Kaum, aber sehen Sie den, der gerade den Becher aus dem Automaten zieht? Das ist Dieter Braun. Er war mit Hohn befreundet."

„Ach so. Dann ist er wohl auch auf dieser Feier gewesen?"
Es sollte beiläufig klingen, und der Typ vor ihm gab anscheinend gerne bereitwillig Auskunft.

„Oh ja, das ist er. Und er behauptet sogar, dass der Hohn gestoßen worden sei."

Roger tat überrascht. „Was sagen Sie da?"

„Na ja, das hat er sich wahrscheinlich nur eingebildet. Die Polizei hat jedenfalls nichts gefunden."

„Ich verstehe", erwiderte Roger. „Und was machen Sie jetzt noch hier?", fragte er weiter. „Ich meine, wenn Sie auf der Abschlussfeier waren, dann haben Sie doch …"

„Ich wiederhole den Kurs", unterbrach ihn der Mann. „Leider bin ich durch die Prüfung gerasselt. Der Mendoza hat schon Recht, die sind wirklich hart bei der Prüfung."

Und dann war er dran mit Kaffeeziehen. Roger sah zu, wie der Typ eine Münze in den Schlitz schob, die Getränkeauswahl betätigte und den Plastikbecher beobachtete, der sich gerade unter den Ausschank setzte. Fast zeitgleich floss die braune Brühe aus dem Automaten. Als der Becher voll war, nickte er Roger zu und ging nach draußen. Roger drehte sich kurz um und besah sich die weiteren Kursteilnehmer. Die meisten saßen in kleinen Grüppchen zusammen und plauderten. Schnell warf er eine Münze in den Automaten und zog sich einen Cappuccino. Der war sehr heiß. Er wartete einen Augenblick, bis er den ersten Schluck genießen konnte.

Roger schlürfte gerade genüsslich an dem Schaum, als ihm etwas einfiel. Sofort bewegte er sich unauffällig langsam zurück in den Unterrichtssaal. *Die Namensliste!*

Glück gehabt. Sie lag noch immer, bequem einsehbar, vorne auf dem Pult von Mendoza. Schnell notierte er sich die Namen der männlichen Teilnehmer, steckte den Zettel in seine Hosentasche und schlenderte wieder hinaus auf den Gang, wo er den Kaffeebecher auf der Fensterbank hatte stehen lassen. Im Türrahmen wäre er beinahe mit einer Frau in den Dreißigern zusammengestoßen. Sie war blond und hübsch, hatte einen langen Pferdeschwanz und große blaue Kulleraugen. Eine der Kursteilnehmerinnen. Roger ließ den Kaffeebecher stehen, wo er stand.

„Ich suche den Kopierer", sagte er und tat ein wenig verlegen.

„Oh, der steht im Sekretariat", antwortete sie.

„Und wo befindet sich das Sekretariat?" Roger tat bewusst ahnungslos.

„Es würde nicht viel bringen, es Ihnen zu erklären. Die Büros der Verwaltung sind abends geschlossen!"

„Ach so, das wusste ich nicht. Na dann ziehe ich meine Kopien halt erst morgen. Vielen Dank. Gehen Sie zurück in den Schulungsraum?"

„Das hatte ich eigentlich vor."

„Fein, dann komme ich gleich mit."

Gemeinsam gingen sie zurück. Die Pause schien ohnehin zu Ende zu sein, denn die anderen Kursteilnehmer trudelten jetzt auch wieder ein, gefolgt von Mendoza. Roger ließ noch eine weitere Stunde Spanische Konversation über sich ergehen, wobei er sehnsüchtig an seinen vergessenen Becher Cappuccino dachte, dann war Schluss. Zuletzt gab Mendoza seinen Studenten noch eine Aufgabe mit auf den Weg, dann verabschiedete er sich von ihnen. *Bis zum nächsten Mal.*

Roger verließ zusammen mit den anderen das geschichtsträchtige Gebäude. Als er auf den Domhof trat, war es bereits kurz nach Elf. Die Nacht war klar und mild. Das Hauptgebäude des Palais lag verlassen vor ihm. Während er daran vorbeiging, beschlich ihn ein seltsames Gefühl. Einbildung vermutlich. Er schüttelte sich kurz, blieb vor dem Gebäude stehen und blickte hinauf zu dem kleinen Balkon. In Gedanken sah er das Bild vor sich, wie Rainer Hohn hinab in die Tiefe stürzte und mit dem Kopf voran auf das Pflaster knallte. *Grausig!* Er verdrängte das Bild und ging schnell weiter zu dem Parkplatz am Dom, wo er den roten Corsa abgestellt hatte. Bis nach Köttelbach waren es noch 80 Kilometer, doch auf den Straßen war so gut wie kein Verkehr mehr. Er kam zügig voran. Trotzdem war es bereits weit nach Mitternacht, als der Corsa auf den Hof rollte. Er parkte den Wagen neben seinem MG und ging hinüber zum Haus. Edith öffnete ihm die Tür im Hausmantel.

„Und?", begrüßte sie ihn. Ihre Stimme klang leicht säuerlich.

„Alles in Ordnung", antwortete er.

„Du kommst spät."

„Der Kurs hat zweieinhalb Stunden gedauert."

„Na und?"

„Es handelt sich um einen verdeckten Einsatz, Edith."

Er bemerkte die Falte auf ihrer Stirn. „Ich verstehe. Bitte versprich mir nur, es mir auch wirklich zu sagen, wenn du mir etwas zu sagen hast."

Roger drückte sich an ihr vorbei ins Haus. „Ja", sagte er kurz angebunden. „Das werde ich tun."

Er konnte Eifersucht nicht leiden.

Elftes Kapitel

Auch Kommissar Laubach hatte einen langen Tag hinter sich gebracht. Er war bei Bauer Lohmann in Bad Münstereifel gewesen und hatte versucht, noch ein paar Details aus ihm herauszukitzeln, die seinen Kollegen möglicherweise entgangen waren. Danach war er nach Mechernich gefahren und hatte sich unter der Wohnadresse der Toten Lena Ullrich ein wenig umgesehen. Bis zu ihrem gewaltsamen Tod hatte Frau Ullrich in einem Apartmenthaus gewohnt. Laubach hatte nach dem Hausmeister geklingelt und ihm seine Marke gezeigt. Nach kurzem Zögern hatte der Mann ihm dann die Tür zu dem Apartment aufgeschlossen. Laubach hatte sich in dem Apartment umgesehen, ein paar Fotos gefunden und sie mitgenommen. Mehr Verwertbares hatte er nicht gefunden. Lena Ullrich stammte aus dem Siegerland und war erst vor ein paar Monaten in die Eifel gezogen. Anscheinend war sie Single gewesen und hatte sehr zurückgezogen gelebt. Außer der Zeugin Biedermann schien sie nur wenige persönliche Kontakte gepflegt zu haben. Eltern hatte sie keine mehr. Die waren schon vor Jahren bei einem Unfall auf einer Auslandsreise ums Leben gekommen. Über den jungen Mann, der sie in einem Golf von der Volkshochschule abgeholt hatte, wusste niemand etwas zu erzählen. Laubachs Ausbeute war mehr als dürftig ausgefallen. Besonders die Frage, wie die Tote auf Herbert Hases Anhänger gekommen war, blieb unbeantwortet.

Auch zu dem Unfall am Bahnübergang in Arloff besaß er nur wenige neue Erkenntnisse. Diese allerdings verhärteten die Beweislage für einen Mord. Förster und seine Kollegen hatten sich die Schrankenanlage genauer angesehen und dabei festgestellt, dass an ihr herummanipuliert worden war. Jemand hatte die elektronische Steuerung ausgeschaltet, die für das Öffnen und Schließen der Schranken verantwortlich war.

Es war kurz vor zehn am anderen Morgen, als Roger Peters in Laubachs Büro kam.

„Hallo, Kloppe, wie geht's? Hast auch schon mal besser ausgesehen. Irgendwelche Neuigkeiten?"

Laubach winkte ab. „Grüß dich, Roger. Leider nicht. Ich bin gestern den ganzen Tag unterwegs gewesen, aber für lau. Niemand hat etwas gesehen oder gehört. Wie ist es dir in Trier ergangen?"

„Soweit ganz gut. Ich habe die ersten Unterrichtsstunden hinter mich gebracht. Die Klasse ist ein ziemlich durcheinander gewürfelter Haufen. Der Dozent ist Argentinier und ein bisschen übermotiviert. Jedenfalls drückt er mächtig aufs Tempo."

„Ich hoffe doch, du hast mir etwas mitgebracht? Irgendetwas, womit ich arbeiten kann?"

„Nun ja, ich habe zumindest schon einmal die Namen al-

ler männlichen Personen für dich, die an dem Kurs teilneh-
men. Hier ist die Liste."

Er reichte ihm den Zettel. Laubach nahm ihn an sich und
überflog die Liste. Er zählte sieben männliche Teilnehmer.

Richard Lutz
Peter Imhoff
Sascha Rieger
Chris Elstrodt
Dieter Braun
Axel Fichte
Felix Neumann

Laubach deutete auf einen Namen. „Von dieser Liste
scheint mir Dieter Braun am interessantesten zu sein. Er war
mit dem toten Rainer Hohn befreundet. Über ihn bräuchte
ich zunächst die üblichen Informationen. Beruf, Familie, Her-
kunft und so weiter …"

„Rainer Hohn, ha,ha. Was für ein Name. Ich weiß schon,
das ist der Typ, der vom Balkon gesprungen ist."

„Ja, das ist er, aber sagen wir lieber gesprungen worden
ist."

„Diesbezüglich sind an der Volkshochschule heiße Ge-
rüchte im Umlauf, und dieser Dieter Braun ist in meinem
Kurs."

„Und wie geht es jetzt weiter?"

„Ganz einfach, Kloppe, ich werde Kontakt halten. Das hast
du mir doch selbst empfohlen. Am Dienstag fahre ich wieder
nach Trier, und dann niste ich mich dort ein. Eine Unterkunft

hab ich schon gefunden. Das Hotel ist zwar alt, dafür aber unscheinbar. So `ne richtige Studentenbude."

„Sei bloß vorsichtig, Roger. Wir haben es hier mit einem eiskalten Mörder zu tun, der seine wahren Absichten geschickt zu verbergen weiß. Denk an die Analyse unserer Psychologin."

„Ist schon klar, Kloppe, ich bin im Bilde. Seid ihr die Selbstmorde noch einmal durchgegangen?"

„Ja, das sind wir. Fräulein Hübscher hat sogar eine Statistik aufgestellt. So ein Diagramm mit genauem Datum, Ort und Hergang. Bis jetzt sind wir auf zehn Fälle gestoßen. Alle mit fragwürdigen Begleitumständen. Und dabei sind in den zwei jüngsten Fällen sogar besagte Ketten mit dem Yin und Yang Anhänger gefunden worden, aber niemand hatte der Tatsache eine große Bedeutung zugeschrieben. Man war davon ausgegangen, dass die Kette den Toten gehörte. In beiden Fällen habe ich mit den Angehörigen gesprochen. Sie konnten sich nicht mehr daran erinnern, ob ihre Verwandten eine solche Kette getragen hatten oder nicht, hielten es aber für sehr unwahrscheinlich."

„Und du gehst jetzt eindeutig von einem Serientäter aus?"

„Es spricht leider alles dafür, Roger. Der Albtraum geht weiter. Also denk bloß daran, wenn du wieder in Trier bist, sei um Himmels Willen vorsichtig, und vor allem, halt mich auf dem Laufenden."

„Du bist der Chef, Kloppe."

„Na, das will ich wohl meinen."

Roger stand auf, verabschiedete sich und verließ das Büro.

Laubachs Sekretärin hatte jedes Wort mitgehört, da ihr Chef versehentlich die Gegensprechanlage angelassen hatte. Sie konnte sich die Ratlosigkeit in den Gesichtern der beiden vorstellen. Eine Ratlosigkeit, die sie langsam selbst überkam. Fast schien es ihr unmöglich, sich auf die normale Büroarbeit zu konzentrieren. Als sie sich widerwillig wieder dem Computer widmete und ihre Korrespondenz zu Ende bringen wollte, stand Kommissar Laubach plötzlich neben ihr. Fräulein Hübscher zuckte zusammen. Sie musste ihre Gedanken soweit in den Fall vertieft haben, dass sie nicht einmal gehört hatte, wie ihr Chef gekommen war.

„Fräulein Hübscher", sagte er in einem ungewöhnlich freundlichen Tonfall zu ihr. „Ich hab hier eine Liste mit sieben Namen. Würden Sie freundlicherweise Ihren Computer dazu befragen? Mal sehen, was der dazu ausspuckt."

Sie zog eine Kopie und reichte Laubach den Zettel zurück. Dabei schaute sie ihn fragend an. Er faltete das Stück Papier zusammen und steckte es ein.

„Sie haben von Herrn Peters Besuch bei mir nichts mitbekommen, verstanden! Das geht nur ihn und mich etwas an!"

„Wenn Sie meinen, Chef ..."

„Ja, genau das meine ich!"

Wie zur Bestätigung seiner Worte räusperte er sich und ging nach draußen auf den Gang. Der Kaffeeautomat war in diesen Tagen der einzige Freund, der wirklich verstand, was mit ihm los war.

Fräulein Hübscher sah ihm nach. Hoffentlich war dem Chef bewusst, wie sehr er sich mit dieser Aktion in die Nesseln setzte. Sollte das je offiziell werden, würde er sich einen neuen Posten suchen müssen. Günstigstenfalls.

Dabei fing sie gerade an, ihren neuen Chef zu mögen. Fräulein Hübscher seufzte und beugte sich wieder über ihre Tastatur.

In Bad Münstereifel hatte Roswita Biedermann einen ziemlich schlechten Tag erwischt. Nach der Aufregung um den tragischen Tod ihrer Bekannten Lena Ullrich wurde jetzt auch noch ihre Kundschaft rebellisch! Es hatte sie wirklich Mühe genug gekostet, Frau Neubarth davon zu überzeugen, dass ihre neue Frisur sie tatsächlich jünger aussehen ließ. Doch jetzt war die Kundin zurückgekommen, lamentierte unzufrieden und bestand auf einer Dauerwelle. Angeblich würde ihr Mann die neue Frisur überhaupt nicht mögen. Roswita war noch mit einer anderen Kundin beschäftigt und bat Frau Neubarth, im Vorzimmer zu warten.

„Wie lange, denkst du, wirst du dafür brauchen?", wollte ihre Chefin Martina von ihr wissen.

„Mit ein wenig Glück und Geschick sollte ich es in zwei Stunden geschafft haben", antwortete Roswita.

„Gut, ich werde ihr das sagen. Aber nur Gott allein weiß, wie sie mit einer Dauerwelle aussehen wird."

„Und niemand wird sich nachher trauen, ihr zu sagen, wie sie wirklich aussieht", meinte Roswita argwöhnisch.

„Der Kunde ist König, meine Liebe."

„Leider ja."

Die Türglocke ertönte und ein Mann betrat den Friseursalon. Er wirkte abgehetzt und war sichtlich erregt. Roswita seufzte entnervt. Der hatte sich auch zielsicher den ungünstigsten Moment für sein Erscheinen ausgewählt.

„Hallo, Jürgen", sagte Martina. Es klang nur wenig begeistert.

Jürgen drückte ihr einen flüchtigen Kuss auf die Wange. Dann platzte es aus ihm heraus. „Sieh dir mal mein Toupet an", wetterte er. „Das Teil hat sich gelöst und ist verrutscht. Schau nur, wie ich aussehe! So kann ich mich doch nicht unter die Leute wagen!"

Martina musste sich ein Lachen verkneifen. Jürgen sah wirklich zum Schießen aus. Roswita kicherte verhalten, während sie sich betont ihrer Arbeit widmete.

„Das tut mir wirklich leid, Jürgen", sagte Martina. „Aber du wirst warten müssen. Ich hoffe nur, du hast ein wenig Zeit mitgebracht. Bei uns ist heute ohnehin viel los, und im Foyer wartet auch noch eine Dame auf Roswita. Danach kann sie dich dran nehmen und ich übernehme die nächste Kundin."

„Das ist leider völlig ausgeschlossen Martina, so leid es mir tut. Um 14 Uhr habe ich einen wichtigen Termin. Du musst mich unbedingt irgendwo dazwischen einschieben. Übrigens, kann es sein, dass ich deine Angestellte neulich in Daun aus dem Polizeipräsidium habe kommen sehen?"

„Stimmt", rief ihm Roswita zu, während sie die Haarspitzen ihrer Kundin kürzte.

„Etwas Unangenehmes?"

„Wie man´s nimmt. Ich bin wegen einer Aussage dort gewesen. Ich habe die Tote von Kelberg wiedererkannt."

„Großer Gott, schlimme Geschichte, nicht wahr?"

„Das können Sie wohl laut sagen. Die arme Lena. War so

ein hübsches Ding und noch so jung."

„Und die Polizei tut mal wieder nichts?"

„Ich habe mit einem Kommissar Laubach gesprochen. Angeblich steht der noch am Anfang seiner Ermittlungen."

„Ja, ja, das sagen sie immer. Also, wie sieht es aus? Glauben Sie, Sie können mich eben dran nehmen?" Er blinzelte ihr zu.

„Pst, nicht so laut. Ich bin gleich fertig. Setzen Sie sich schnell auf den freien Stuhl."

Martina legte ihrer eigenen Kundin die Haare und beobachtete aus den Augenwinkeln, wie ihre Angestellte mit geschickten Händen Jürgens Toupet richtete. Es dauerte knapp zehn Minuten, bis Roswita triumphierend verkündete, dass sie es geschafft hatte.

„Aber sicher wird er in den nächsten Tagen wiederkommen und reklamieren, dass sein Haarersatz schon wieder nicht sitzen würde", sagte sie zu Martina, nachdem Jürgen gegangen war.

Jetzt endlich war Frau Neubarth an der Reihe. Martina war in der Zwischenzeit auch mit ihrer eigenen Kundin fertig geworden und gab Roswita ein Zeichen. „Ich übernehme das. Fahr du schnell in die Bäckerei und hol uns etwas Süßes."

Roswita kam die Abwechslung sehr gelegen. Sie griff nach ihrer Jacke und ging.

Etwas knallte draußen. Es hörte sich wie die Fehlzündung eines Motors unmittelbar unter ihrem Fenster an. Dann schrie eine Frauenstimme gellend, und Reifen quietschten. Martina ließ die Bürste fallen und rannte zum Fenster.

Roswita stand mit aufgerissenen Augen und bleichem Gesicht neben ihrem Wagen. In der Windschutzscheibe klaffte ein Einschussloch. Passanten auf den Bürgersteigen blieben stehen und drehten sich nach ihr um. Irgendwo heulte ein Motor auf. Martina rannte nach draußen. Roswita hielt sich die Hand. Ihr Gesicht war kreideweiß. Nur mit Mühe konnte sie sprechen. „Ich blute. Jemand hat auf mich geschossen."

„Oh Gott, oh Gott!" Einen Moment fühlte Martina sich fast panisch. Dann aber übernahm ihr praktischer Verstand. Sie wandte sich an einen jungen Mann, der mit einem Handy in der Hand ein paar Schritte entfernt stand. „Rufen Sie bitte die Polizei?" Dann fragte sie Roswitha: „Wo bist du getroffen?"

„Meine Hand, glaube ich", sagte Roswita mit dünner Stimme.

„Zeig mal!"

Roswitha streckte zögernd die Hand aus.

„Zum Glück nur eine kleiner Schnitt. Stammt wahrscheinlich von einem Glassplitter."

„Ich glaube, mir wird schlecht", sagte Roswita, dann sackte sie auf dem Bürgersteig zusammen. Der junge Mann eilte Martina sofort zur Hand und half ihr, Roswita wieder auf die Füße zu stellen, sie zu stützen und sie in den Salon zu bringen. Martina bugsierte Roswita in den nächsten Frisierstuhl, bat Frau Neubarth, sich kurz um sie zu kümmern, holte ein Glas Wasser und reichte es ihrer Angestellten. „Haben Sie gesehen, was passiert ist?", fragte sie den jungen Mann.

„Nein, dazu ging alles zu schnell. Nur ein Wagen ist mir aufgefallen, der direkt nach dem Schuss ganz schnell weggefahren ist. War so ein metallic grauer. Die Marke weiß ich leider nicht."

Martina schaute aus dem Fenster. Vor dem Salon hielt ein Wagen. Ein Mann in Polizeiuniform stieg aus. Er hatte breite Schultern und trug eine Sonnenbrille.

„Roswita", sagte Martina. „Die Polizei ist da!"

Zwölftes Kapitel

11. Juni 2013
15.00 Uhr

Die Scheibe oberhalb der Tür des Hotels war beschädigt. Jemand hatte wohl einen Stein hineingeworfen. Der Metallbeschlag des Schlosses war stark oxidiert und hing lose an zwei kleinen Schrauben. Roger stieß die Tür vorsichtig auf.

Drinnen führte eine Treppe nach oben. Die Rezeption bestand aus einem Tresen vor einem kleinen dunklen Raum. Aber es war niemand da. Roger schaute sich um. Auf dem Tresen stand eine Glocke aus Messing. Er betätigte sie kurz. Plötzlich tauchte ein kleiner Mann hinter ihm auf. Er trug eine Hornbrille und roch nach Alkohol.

„Suchen Sie ein Zimmer, mein Herr?"

„Deswegen bin ich hergekommen. Ich habe mich für einen der Kurse an der Volkshochschule angemeldet und gedenke, eine Zeitlang in Ihrer schönen Stadt zu bleiben."

Der Mann ging hinter den Tresen und schlug ein vergilbtes Buch auf.

„Die meisten Gäste kommen am Wochenende", sagte er. „Sie haben die freie Auswahl."

„Gut, dann nehme ich ein Zimmer mit Blick auf die Porta Nigra."

„Ganz wie Sie wünschen, mein Herr. Das macht 20 Euro die Nacht. Für eine ganze Woche gibt es einen Sonderpreis."

„Und für einen ganzen Monat?", gelüstete es Roger nachzufragen, was er aber dann doch nicht tat. Stattdessen wollte er sich den Schlüssel schnappen. Doch das Männchen kam ihm dazwischen. „Natürlich gehe ich vor und zeige Ihnen zuerst das Zimmer, mein Herr. Ich heiße übrigens Wilfried. Ihr Gepäck werde ich dann später hinauftragen."

„Vielen Dank, Wilfried, aber das erledige ich schon selbst", sagte Roger und folgte dem Mann den Flur entlang. Vor dem Zimmer mit der Nummer zwanzig blieb er stehen. „So, da wären wir. Hier ist Ihr Zimmer. Ich hoffe, es gefällt Ihnen? Leider ist es nicht mehr … nun, sagen wir, so ganz modern eingerichtet."

Auf den ersten Blick wusste Roger, was er meinte. Und der niedrige Preis erfuhr eine weitere Rechtfertigung, als er das Zimmer in Augenschein nahm. Es war winzig und vollgestellt mit alten Möbeln. Wahrscheinlich stammten die noch aus Wilfrieds Jugendzeit. Das Doppelbett war ohne Kopfteil. Der Schrank: zweitürig, schräg, schäbig. Die Kommode mit Spiegelaufsatz: wackelig, eine Schublade fehlte. Außerdem gab es zwei kleine Nachttische, einen rechteckigen Tisch, sowie zwei Stühle. Alles abgenutzt, wackelnd und aus dem gleichen hässlichen Nussbaumimitat gefertigt. Das ganze erbärmliche Bild rundete eine Blümchentapete aus den 70er Jahren ab. Sie bestand im Wesentlichen aus den Farben Grün und Braun. Mit einem Seufzer ließ sich Roger auf das Bett fallen. *Na, wenigstens scheint die Matratze in Ordnung zu sein, und die Bettwäsche ist sauber*, dachte er.

„Passt Ihnen das Zimmer?"

„Ja, doch", murmelte Roger.

„Prima. Dann müssen Sie nur noch das Meldeformular ausfüllen. Ordnung muss schließlich sein."

Wilfried lachte und ging zurück auf den Flur. Die Einrichtung war Roger so ziemlich egal. Hauptsache, das Zimmer verfügte über ein eigenes Bad. Gemeinschaftsbäder waren ihm ein Graus, zu unhygienisch. Er ging wieder nach unten und holte sein Gepäck aus Ediths Corsa. Das schleppte er in sein Zimmer, ließ sich den Anmeldeschein geben und schloss die Tür von innen. Dann bugsierte er den Koffer vor das Bett.

Die Türen des alten Kleiderschranks waren verzogen und quietschten beim Öffnen. Drinnen roch es muffig nach altem Holz. Er überlegte, so viele Kleidungsstücke wie möglich auf die wenigen Bügel zu verteilen, die in dem alten Schrank hingen, verwarf den Gedanken aber schnell und legte stattdessen das, was er benötigte, auf die Matratze neben sich. *Was zum Teufel tue ich eigentlich hier?,* fragte er sich, während er einen Blick in den Spiegel oberhalb der kleinen Kommode warf und feststellte, dass er abgespannt aussah. Schnell ging er ins Bad. Das Waschbecken war winzig, die Wände mit hellgrünen Kacheln gefliest. Er drehte den Wasserhahn auf und spritze sich etwas von dem kühlen Nass ins Gesicht. *Das sollte helfen.*

Danach trocknete er sich sein Gesicht ab und ging zurück in sein Zimmer. Hier schob er den Koffer unter den Holztisch, damit er nicht im Weg stand , stellte die beiden Stühle davor, füllte den Meldezettel aus, schnappte sich seine Jacke und ging nach draußen.

Wilfried war gerade dabei etwas in einen Ordner zu heften. Er nickte freundlich, als ihm Roger die Anmeldung auf den Tresen legte. „Ich wünsche Ihnen einen schönen Aufenthalt in Trier", sagte er, doch Roger hatte bereits die Außentür geöffnet. Er bereute schon jetzt, bei dem Zimmer hauptsächlich auf den Preis geachtet zu haben, und wollte so schnell wie möglich nach draußen, sich unter die Leute mischen.

Auf der Straße griff Roger nach seinem Handy und rief Edith an.

„Ja?" meldete sie sich am anderen Ende.

„Ich bin´s, Roger. Ich wollte dir nur sagen, dass ich gut in Trier gelandet bin."

„Nett von dir, dass du dich meldest, Roger."

„Na ja … wenn wir sonst kaum miteinander reden …"

Stille. Dem folgte: „Tut mir echt leid Roger. Aber ich bin einfach noch nicht darüber hinweg. Ich weiß, dass es im Moment nicht einfach für dich ist. Gib mir noch ein bisschen Zeit. Ich verspreche dir, es wird wieder besser werden, Roger."

„Ist doch kein Problem, Edith. Wir müssen uns gegenseitig helfen. Kommst du alleine klar? Wenn nicht, also, ich habe den Nachbarn Bescheid gesagt, dass ich für ein paar Tage weg muss. Sie haben mir alle versprochen, dass sie dir aushelfen können, wenn du etwas brauchst."

„Lieb von dir, aber ich denke, das schaffe ich schon. Weißt du schon, wie lange du in Trier bleiben wirst?"

„Nein, noch nicht. Ich gebe dir Bescheid, so bald ich mehr weiß. Pass auf dich auf."

„Mach ich, Roger. Wenigstens habe ich ja deine grüne Klapperkiste ..."

„Klapperkiste?" Er grinste. „Das möchte ich aber überhört haben. Geh mir bloß anständig mit meinem Oldtimer um. Ich melde mich wieder, hörst du ..."

„Tschüss, Roger, und sei vorsichtig!"

Roger hörte es leise in der Leitung knacken, als Edith auflegte.

Auf seinem Weg zum Palais Walderdorff kam er an einem Straßencafé vorbei. Draußen saß ein Mann an einem Tisch und blätterte in einer Zeitung. Er kam Roger bekannt vor. Beim näheren Hinsehen stellte er fest, dass es Dieter Braun war, den er flüchtig am Kaffeeautomaten im Pausenraum der Volkshochschule gesehen hatte. Mit dem wollte er doch ohnehin mal näher Kontakt aufnehmen. Ein Blick auf seine Armbanduhr sagte ihm, dass er noch Zeit hatte. Der Unterricht würde heute nicht vor 20 Uhr beginnen. Kurz entschlossen ging er auf den Tisch zu und fragte: „Entschuldigung, ist hier noch frei?"

Als Antwort bekam er ein lang gezogenes „Mmmm."

Roger verstand das als Einverständnis und setzte sich zu Braun an den Tisch. Der wunderte sich, dass sich jemand zu ihm setzte, obwohl es genügend andere Tische gab, die nicht besetzt waren. Es interessierte ihn allerdings nicht wirklich.

„Sind Sie nicht auch in dem Spanisch-Intensiv Kurs?", fragte Roger.

Braun schaute zu ihm auf und nickte. Daraufhin streckte

ihm Roger eine Hand entgegen. „Ich bin Roger Peters", stellte er sich vor.

„Angenehm, Dieter Braun." Er blickte wieder in seine Zeitung.

„Der Dozent hat was drauf, nicht wahr?", versuchte Roger erneut auf Konversation zu machen. Es folgte wieder ein Nicken, dann Stille. Dieter Braun war ruhig und freundlich, aber anscheinend ohne jedes Bedürfnis nach Gesellschaft. Er schien keinen Wert darauf zu legen, neue Leute kennenzulernen. Es war offensichtlich, dass er keine Lust auf ein Schwätzchen hatte. Roger warf einen Blick auf die Getränkekarte. Plötzlich ging eine junge blonde Frau mit langem Pferdeschwanz drei Tische weiter vorbei. Sie schien in Gedanken versunken zu sein. Es war die junge Frau, mit der er auf dem Flur der Volkshochschule gesprochen hatte.

„Oh, sehen Sie mal die Kleine dort. Sieht verdammt gut aus, was?", sagte Roger.

Dieter Braun sah zu der Frau hin. „Hey, Regina!", rief er aus. „Du kennst anscheinend auch keine Leute mehr?"

Die junge Frau blieb abrupt stehen und drehte sich zu ihm um. „Hallo, Dieter, wie geht's? Mensch, ich hab dich gar nicht gesehen. War in Gedanken bereits beim Spanisch Kurs. Du kommst doch heute Abend auch, nicht wahr?"

Roger sah, wie sein Gegenüber lächelte. „Danke der Nachfrage, Regina. Es geht so. Klar gehe ich gleich zum Kurs. Übrigens, Roger hier hat ein Auge auf dich geworfen."

Ihr Gesichtsausdruck änderte sich. Sie wirkte ein wenig genervt, als sie kurz auf Roger blicke. „Vielen Dank, aber ich komm gut alleine klar!", sagte sie schnippisch. Verdammt,

verdammt, verdammt! Das hatte er vermasselt.

„Sag mir bitte Bescheid, wenn ich irgend etwas für dich tun kann, okay?", sagte sie zu Dieter Braun. Der nickte nur und las wieder in seine Zeitung.

Regina ging rasch weiter.

Roger versuchte die Situation zu entspannen. „Entschuldigen Sie bitte", sagte er zu Dieter Braun. „Ich wollte nicht aufdringlich sein, sondern einfach nur etwas sagen. War dumm von mir. Wenn man neu ist, sucht man halt Kontakt, und die Kleine ist mir schon vorher aufgefallen. Ich wollte Sie nicht belästigen." Er erhob sich von seinem Stuhl und wandte sich zum Gehen.

„Die Kleine heißt Regina", sagte Dieter Braun. Roger setzte sich wieder.

„Das habe ich bereits mitbekommen. Sie scheint wirklich nett zu sein. Sind Sie mit ihr befreundet?"

„Nein, wir belegen nur denselben Kurs."

„Sie scheint aber um Sie besorgt zu sein. Ich glaube, dass sie auf Sie steht."

Braun grinste. „So? Das glaube ich kaum. Wenn Sie sich für Regina interessieren, dann ist das für mich völlig in Ordnung."

Ein Stück Kuchen und zwei Tassen Kaffee später wusste er immerhin, dass Dieter Braun Spanisch lernte, weil er sich auf eine Stelle im Ausland bewerben wollte, und das es wohl Reginas Traum war, mal eine Saison auf einem Kreuzfahrtschiff zu arbeiten. Aber die Unterhaltung war eher mühsam und schleppend. Dieter Braun war wirklich ein ungewöhnlich verschlossener Mensch.

Roger schaute auf seine Uhr. „Ich denke, wir müssen los", sagte er.

Dieter Braun schaute ebenfalls auf seine Uhr. „Au verdammt, Sie haben Recht. Also gehen wir."

Roger sah zu, wie er zwei Münzen auf den Tisch legte und seine Zeitung zusammenrollte. Er selbst bezahlte vorne am Tresen. Dann verließen sie eilig das Café. Knapp zehn Minuten später befanden sie sich bereits im Unterrichtssaal der Volkshochschule.

„Buenos dias, Senoras y Senores", begrüßte sie Mendoza wie gewohnt. „Heute habe ich etwas ganz Besonderes mit Ihnen vor. Sie sollen lernen, in einem Team zu arbeiten. Dafür stellen Sie bitte Gruppen von vier bis fünf Personen zusammen. Ich erkläre Ihnen dann später, worum es genau geht."

Roger wandte sich an Dieter Braun, der sich bereits zu einem anderen Kursteilnehmer gesellt hatte. „Wäre es okay, wenn ich bei Ihnen mitmache?"

„Na klar, warum denn nicht?"

„Prima. Ansonsten kenne ich hier ja auch niemanden."

Regina kam zu ihnen herüber. „Sag mal, Dieter, wie viele seid ihr in Eurer Gruppe?"

„Bisher sind wir zu dritt, warum fragst du?"

„Nun, ich dachte … Können Melanie und ich noch bei euch mitmachen?"

„Nein!"

„Wie bitte?" Sie blickte ihn entsetzt an.

„Ein kleiner Scherz, meine Liebe. Natürlich könnt ihr bei uns mitmachen. Ich glaube, ich stelle die Runde noch mal kurz vor, die Vorstellungen an den Kursabenden sind immer so kurz, dass man die meisten Namen wieder vergisst. Dieter Braun, Axel Fichte, Roger? Wie heißen Sie noch mal mit Nachnamen, Roger?"

„Ich ... äh ... Peters."

„Also gut, dann Roger Peters, Regina Schröder und Melanie Holtkamp."

Regina notierte sich die Namen. „Und jetzt wollen wir uns anhören, was unser Dozent heute von uns will", sagte sie.

Währenddessen schrieb Mendoza die Aufgabe an die Tafel. Danach haute er seinen Studenten eine Unmenge an neuen Vokabeln um die Ohren, wovon einige sogar Roger fremd waren, obwohl er perfekt Spanisch sprach. Sie notierten sich fleißig die neuen Wörter und durften dann eine Runde reden üben. Dann war der Unterricht auch schon wieder zu Ende. Die kleine Gruppe um Dieter Braun sammelte sich am Ausgang des Gebäudes.

„Wollen wir uns noch auf ein Glas zusammensetzen und das Thema besprechen?", fragte Roger.

„Das finde ich gut", meinte Dieter Braun. „Gehen wir ins Cubiculum?"

„Von mir aus. Ich frag Melanie, ob sie auch kann", sagte Regina.

„Kennen Sie das Cubiculum?", wollte Axel Fichte von Roger wissen.

„Nein, noch nicht", antwortete Roger wahrheitsgemäß. „Ich bin ziemlich neu hier in der Stadt."

„Es wird Ihnen gefallen. Ist eine Kellerkneipe und zurzeit total angesagt. Nur meistens leider auch ziemlich voll."

„Wow", meinte Roger. „So richtig mit altem Gewölbe, schummriger Beleuchtung und so weiter ...?"

„Ja, ganz genau, eben urgemütlich, mit klasse Musik und deshalb stets gut besucht."

Roger hatte bereits eine ziemlich gute Vorstellung, was da auf ihn zukommen würde. Aber warum nicht. In vollen Lokalen wurde mehr erzählt, und genau darauf war er ja aus.

Dreizehntes Kapitel

11. Juni 2013
22.00 Uhr

In der Tat war das Cubiculum auch noch am späten Abend gerammelt voll. Nur mit Mühe bekamen sie einen freien Tisch in der hintersten Ecke. Roger verschwand kurz in Richtung Toilette. Danach begab er sich an die Bar und versuchte, ein Bier und eine Wurst mit Kartoffelsalat zu bestellen. Es dauerte ziemlich lange, bis man ihn bediente. Als er zu den anderen gehen wollte, stand plötzlich Axel Fichte neben ihm.

„Keine Sorge, das ist hier nicht immer so. Die Bedienung scheint mir heute ein wenig durcheinander zu sein. Stellen Sie sich vor, sie hat mir ein alkoholfreies Bier gebracht. Ich habe es gerade umgetauscht", sagte er.

„Und mir wollte sie einen Nudelsalat andrehen", erwiderte Roger. „Aber das ist ja auch kein Wunder, bei dem, was hier los ist. Und dann war da noch ein Typ, der wollte Ärger machen, weil er nicht rauchen durfte. Hier unten im Keller, das muss man sich mal vorstellen. Aber da hat die Kellnerin so richtig losgelegt. Von wegen Passivrauchen und so weiter. Recht hat sie ja, wenn man bedenkt, wie viele Menschen alljährlich an Lungenkrebs sterben. Und da fragt der Idiot tatsächlich, warum er hier drin nicht rauchen darf und wundert sich auch noch, dass die Bedienung empfindlich reagiert."

„Schon krass! Aber ich glaube, wir sollten uns wieder zu den anderen setzen. Schließlich wollten wir doch hier unsere Aufgabe besprechen."

Mendoza hatte ihnen nicht gerade wenig auferlegt. Jede Gruppe sollte ein Verkaufsgespräch auf Spanisch mit einer fiktiven Firma ausarbeiten. Dabei musste das Gespräch folgendes beinhalten:

1. Verkaufstaktik
2. Gegenstand und Preisgestaltung
3. Lieferbedingungen und Zahlung

Kurz darauf saßen sie am Tisch zusammen und stießen auf eine gute Zusammenarbeit an. Dabei wurde auch beschlossen, endlich das lästige „Sie" ad acta zu legen und stattdessen in das bei Studienkollegen übliche „du" zu verfallen.

„Hört sich nicht allzu schwer an", meinte Melanie Holtkamp. „Ist wirklich keine große kaufmännische Kunst."

„Ja, auf Deutsch sicher nicht, aber auf Spanisch ..." Regina war skeptisch.

„Also, wie machen wir's dann, Leute? Wollen wir uns die Arbeit aufteilen oder lassen wir den Besten von uns alles alleine machen?"

Ein allgemeines Gelächter folgte. „Und wer ist der Beste von uns?", fragte Axel Fichte. „Wie steht es eigentlich mit deinen Spanischkenntnissen, Roger?"

„Geht so", antwortete der. Er wollte sich auf keinen Fall

anmerken lassen, dass er in der spanischen Sprache ziemlich fit war. Sonst würde sich womöglich jemand wundern, warum er überhaupt in diesem Kurs war.

„Also gut, dann schlage ich vor, dass wir uns aufteilen. Jeder sucht sich ein Teilgebiet aus und dann fügen wir die einzelnen Ergebnisse zu einem kompletten Ganzen zusammen. Aber lasst uns morgen weiter darüber reden. Jetzt und hier habe ich keine Lust mehr. Außerdem ist die Kneipe viel zu gemütlich für unsere trockene Materie. Ihr könnt ja darüber nachdenken und morgen stimmen wir ab, oder was meint ihr?"

„Ich bin einverstanden, aber ich arbeite morgen Vormittag", antwortete Regina. „Können wir uns vielleicht am Nachmittag treffen?"

„Warum nicht? Wir könnten doch sogar mit den Fahrrädern an die Mosel fahren, falls das Wetter mitspielt", schlug Melanie vor.

„Au ja, das hört sich gut an." Wieder war es Axel, der sofort darauf einging und sein Einverständnis signalisierte.

„Bloß, dass ich kein Fahrrad besitze", protestierte Roger.

„Wie, du hast kein Fahrrad?" Die anderen sahen ihn verblüfft an.

„Ist mir gestohlen worden", fügte er schnell hinzu.

„Was, dir auch? Na dann willkommen im Club", meinte Dieter. Es war das erste Mal, dass er ungefragt etwas von sich gab.

„Wieso, hat man dir auch dein Fahrrad gestohlen?", hakte Roger sofort nach.

„Leider ja. Die Fahrraddiebstähle haben hier in Trier stark

zugenommen. Ich hab kaum Lust, mir ein neues zu kaufen. Man hat immer nur den gleichen Ärger."

„Daher entferne mich nur so weit von meinem Rad, wie ich es noch sehen kann", erklärte Axel. „Und wenn das nicht geht, dann nehme ich einfach den Sattel mit. Hier, seht her!" Er öffnete seinen Rucksack und zog tatsächlich einen Fahrradsattel hervor. Der hatte offensichtlich schon bessere Zeiten gesehen.

„Ist eine echte Rarität", sagte er stolz. Wieder ertönte ein allgemeines Gelächter.

„Ich fahre auch am liebsten mit dem Fahrrad", meinte Regina. „Besonders außerhalb des Zentrums oder auf ruhigen Nebenstraßen. Aber wenn nicht alle von uns ein Fahrrad haben, treffen wir uns eben einfach so. Wohnt eigentlich jemand von euch außerhalb der Stadt?"

Die anderen schauten sich an, doch nur Roger meldete sich. „Ich wohne in einem Apartment in Biewer", sagte er.

„So, so. In Biewer. Ui, wie vornehm", foppte ihn Melanie. „Dann treffen wir uns doch am besten bei dir."

Fettnäpfchen lässt grüßen. „Geht leider nicht. Ich hab noch keine Möbel", erwiderte Roger schnell.

Seine Studienkollegen staunten nicht schlecht. „Wie, keine Möbel?" fragten sie. „Hast du das Apartment etwa unmöbliert gemietet?"

Und wieder ein Fettnäpfchen. „Äh ... ich bin nur noch nicht dazu gekommen, Möbel zu kaufen. Der Umzug kam etwas plötzlich, versteht ihr?" Roger tat so, als ob es ihm schrecklich peinlich wäre.

„Also gut, dann treffen wir uns eben wieder hier. Nachmittags ist im Cubiculum kaum etwas los. Da können wir in jedem Fall alles in Ruhe besprechen", schlug Regina vor.

„Prima, dann hau ich für heute in den Sack", sagte Roger und winkte der Kellnerin. „War ein verdammt langer Tag heute."

„Wir machen auch nicht mehr lange", erwiderten Regina und Melanie.

„Ich trink noch mein Bier aus und dann gehe ich auch", meine Axel.

„Und was ist mit dir, Dieter?"

„Na, was wohl? Ich schließe mich der Allgemeinheit an. Wenn ihr alle geht, dann gehe ich auch."

„Also gut, das war's dann, bis morgen."

„Bis morgen, Roger."

Er zahlte, stieg die Treppe hinauf zur Straße und orientierte sich kurz. Der Dom, in dessen Nähe er den Corsa geparkt hatte, war leicht auszumachen. Es dauerte keine zehn Minuten, da war er an Ediths Wagen. Es war dunkel und still. Der Parkplatz lag verlassen vor ihm. Und doch beschlich ihn ein Gefühl der Unruhe. Es kam ihm so vor, als würde ihn jemand beobachten.

„Ach was, alles Quatsch", sagte er sich, stieg in den Corsa, fuhr zu seinem Hotel und warf sich in die Koje.

Als er am nächsten Morgen erwachte, war er weit davon entfernt, sich ausgeruht zu fühlen. Offenbar war die Matratze doch nicht so gut, wie er gedacht hatte. Er hatte kaum Schlaf gefunden und starrte nun benommen und unausgeschlafen gegen die hohe Zimmerdecke. Irgendwie wirkte sie verschwommen, seine Augen schienen ihm einen Streich zu spielen. Oder hatte er von dem einen Glas Alkohol gestern tatsächlich so einen Riesenkater? Kurzerhand schnappte er sich ein Handtuch und sprang direkt unter die Dusche. Dort drehte er mit voller Absicht nur den Kaltwasserhahn auf. Er prustete heftig, als ihn die Brause eiskalt traf, doch danach fühlte er sich besser. Er nahm die Waschlotion und seifte sich von Kopf bis Fuß ein, dann kam wieder die Brause. Nur das ungute Gefühl, dass ihn seit dem Aufwachen beschlichen hatte, wollte nicht weichen.

Es war kurz nach Acht, als ihm einfiel, dass er mit Laubach sprechen wollte. Also suchte er sein Handy, fand es unter seiner Jeanshose auf der Kommode und wählte die Nummer des Polizeipräsidiums in Daun.

„Sigismund am Apparat Laubach", sagte die bekannte tiefe Stimme.

„Äh ... guten Morgen, Herr Sigismund. Ist Kommissar Laubach da?"

„Dann wäre ich wohl jetzt nicht am Telefon. Kommissar Laubach ist bereits unterwegs. Gestern am späten Nachmittag hat es wieder so einen Unfall gegeben."

Roger glaubte nicht richtig zu hören. „Wie bitte?" fragte er. „Schon wieder einen? Was ist denn bloß passiert?"

„Das müssen Sie den Chef schon selber fragen, wenn er wieder zurück ist. Ich bin nicht befugt, Laien Auskünfte über unsere Arbeit zu geben. Kann ich sonst noch etwas für Sie tun, Herr Peters?"

„Was? Ach so, ja. Vielleicht können Sie mir ja weiterhelfen, Herr Sigismund. In meinem Spanischkurs ist eine Frau, sie heißt Regina Schröder. Können Sie herausfinden, wo sie arbeitet?"

„Na, das kommt mir jetzt aber auch sehr spanisch vor. Sie mischen doch nicht zufällig in unserem Fall mit, was, Herr Peters?"

„Äh... natürlich nicht. Rein privates Interesse. Die Dame ist sehr attraktiv, wenn Sie verstehen, was ich meine." Am anderen Ende der Leitung war ein verstehendes Glucksen zu hören. Sigismund amüsierte sich offensichtlich köstlich. Roger räusperte sich und fuhr fort: „Nur, könnten Sie Herrn Laubach noch ausrichten, dass ich dringend ein Fahrrad benötige?"

„Sie brauchen was, Herr Peters?"

„Na, ein Fahrrad. Bestellen Sie`s ihm einfach. Er weiß dann sicher, was er zu tun hat."

„Aber sicher, Herr Peters, auch das Herr Peters, mit Vergnügen Herr Peters. Wir sind ja nur die Polizei, Ihr Hanswurst für alles. Wie wär's, wenn Sie sich Ihr Fahrrad einfach selbst kaufen? Sonst noch etwas?"

„Nein, Herr Sigismund. Das war's für's erste. Vielen Dank."

„Sie mich auch."

Das Freizeichen ertönte. Laubachs Assistent hatte aufgelegt. Roger hörte erst wieder von ihm, als er frisch rasiert, geduscht und angezogen im Cafè Zeitsprung beim Frühstück saß und die Morgenzeitung studierte. Gerade als er in sein Brötchen gebissen und den Mund voll hatte, klingelte sein Handy.

„Verflucht, gerade jetzt!"

Er kaute schnell weiter und antwortete beim dritten Klingeln. „Ja?"

„Sigismund hier. Keine Ahnung, warum ich das für Sie tue, aber na ja, Sie sind ein Freund vom Chef. Und die Hübscher hat auch was von einem Fahrrad gesagt. Ich hab schon mal ein bisschen vorgearbeitet und die gewünschte Information für Sie eingeholt. Regina Schröder arbeitet in dem Maklerbüro Wiese, in der Graugasse, und das Fahrrad können Sie sich bei der Polizeiinspektion Südallee abholen. Die stellen Ihnen dort eins zur Verfügung."

Roger war baff. „Mein Kompliment, Herr Sigismund. Das ist aber super schnell gegangen."

„Stets zu Diensten, Herr Peters. Dazu brauche ich keinen Kommissar Laubach. Adios."

Wieder hatte er aufgelegt und zum Abschied sogar noch einen spanischen Gruß angebracht. *Junge, Junge, der Schwarzenegger wird doch nicht noch auf seinen alten Tagen ...*

Roger faltete die Zeitung zusammen und brachte das Frühstück eilig zu Ende. Er erkundigte sich nach der Graugasse, bezahlte und verließ das Café Zeitsprung.

Draußen schien die Sonne. Es versprach ein wunderschöner Tag zu werden. Das Maklerbüro lag nicht weit entfernt. Roger entschloss sich zu einem Spaziergang. Er ging durch den Palastgarten und passierte die Kaiserthermen. Die Straßen von Trier füllten sich langsam mit Menschen. Die Besitzer der vielen Cafès und Kneipen stellten Tische und Stühle nach draußen. Roger brauchte nicht lange, bis er die Graugasse erreichte. Sie lag rechter Hand von den Thermen und parallel zur Kuhnenstraße. Das Maklerbüro Wiese befand sich in einer geräumigen Stadtvilla. Während er den Weberbach überquerte, konnte er durch das übergroße Fenster Regina bereits an einem Schreibtisch sitzen sehen. Beim Betreten des Maklerbüros grüßte er freundlich. Dann tat er so, als er sei er mächtig überrascht, sie hier zu sehen.

„Guten Morgen, Regina. Na, dass nenne ich aber eine Überraschung. Du arbeitest hier?"

Sie lächelte sanft. „Guten Morgen, Roger. Sieht so aus, oder?"

„Äh... ja, allerdings", stammelte er.

„Nun, von irgendetwas muss ich ja schließlich auch leben, und der Job hier ist weiß Gott nicht schlecht. Was kann ich für dich tun, Roger?"

„Äh... eigentlich bin ich hergekommen, weil ich mich nach einer anderen Wohnung umsehen wollte."

Regina schien überrascht zu sein. „Ach ja...wieso denn? Ich denke, du hast ein Apartment in Biewer?"

Roger erklärte ihr die Geschichte, die er sich zurechtgelegt hatte. „Das schon", sagte er. „Aber das Apartment liegt doch ziemlich weit vom Zentrum entfernt und ist dazu nicht gerade billig. Ich dachte, ich könnte vielleicht noch etwas anderes finden. Etwas zentraler, wenn möglich."

„Und da kommst du zu uns?"

„Nun ja, das ist doch hier ein Maklerbüro, oder nicht?"

„Sicher, aber wir widmen uns eigentlich mehr dem An- und Verkauf von Immobilien, verstehst du?"

„Ach so, das wusste ich nicht." Er spielte den Enttäuschten.

„Warum schaust du nicht einfach mal ins Internet? Da gibt es doch tausende Angebote. Wir bieten nur wenige Mietobjekte an und das, was wir haben, steht auf unserer Webseite. Oder möchtest du vielleicht eine Wohnung kaufen?"

„Nein, dass hatte ich eigentlich nicht vor. Nur mieten und eher etwas Kleines. Ich hab's nicht so mit der Hausarbeit. Webseite, sagtest du?"

Roger setzte seinen Bitte-Hilf-Mir-Blick auf. Sie grinste.

„Warte mal. Reicht dir ein Ein-Zimmer-Appartment?"

Sie tippte etwas in ihren Computer ein.

„Ja, mehr brauche ich eigentlich nicht", bestätigte Roger.

„Siehst du, hier sind alle Wohnungen, die wir haben." Sie drehte den Monitor in seine Richtung, so dass er auf den Bildschirm sehen konnte. Gerade als Roger sich die Beschreibungen durchlesen wollte, klingelte sein Handy. Verlegen schaute er auf das Display. Laubach, meldete es. „Verdammt, das ist wichtig. Ich geh schnell raus", sagte er entschuldigend zu Regina.

„Kein Problem, Roger."

Draußen drückte er die Anrufannahme-Taste.

„Ja, hallo?"

„Laubach hier. Morgen Roger. Du hattest vorhin angerufen?"

„So ist es, aber Sigismund hat mir bereits weitergeholfen. War nichts Wichtiges. Ich hab nur eine Auskunft und ein Fahrrad benötigt."

„Du hast was?"

„Ist bereits alles erledigt, Kloppe. Sigismund kann durchaus, wenn er will."

„Du hast ihm aber nicht …?"

„Natürlich nicht. Aber sag mal, er hat mir etwas von einem neuen Unfall erzählt, stimmt das?"

„Leider ja, Roger. Ich komme gerade von der Unfallstelle. In einem Wald bei Kylburg ist gestern ein Arbeiter von einem umstürzenden Baum erschlagen worden."

„Das hört sich ja tatsächlich nach einem Unfall an."

„Hört sich so an, Roger, war es aber nicht. Der arme Kerl hatte ein Kettchen mit einem Yin und Yang Anhänger in seiner Faust. Langsam beginne ich die Chinesen zu hassen."

„Das kann dir niemand übel nehmen, Kloppe."

„Gestern war hier sowieso die Hölle los. Es hat auch noch einen Anschlag auf eine Zeugin gegeben."

„Wie, Anschlag? Und was für eine Zeugin?"

„Na, diese Roswita Biedermann aus dem Friseurladen. Die hat doch das Foto der toten Lena Ullrich in der Zeitung gesehen und sie wiedererkannt. Und jetzt hat so ein Verrückter auf sie geschossen."

„Großer Gott! Ist ihr was passiert?"

„Zum Glück nicht. Nur ihr Wagen hat jetzt ein Loch in der Windschutzscheibe."

„Glaubst du, dass es unser Mörder war?"

„Na, wer denn sonst? Im Übrigen kannst du deine Zelte in Trier wieder abbrechen. Wir sind uns ziemlich sicher, dass der Täter hier in der Eifel wohnt. Es sind neue Indizien aufgetreten, aber davon erzähle ich dir später, wenn du wieder hier bist."

„Soll ich wirklich, Kloppe? Ich meine, bist du dir auch ganz sicher?"

„Ja, natürlich bin ich mir sicher, und außerdem hast du doch selber gesagt, ich sei der Chef, oder etwa nicht?"

„Also gut, ich komme, Kloppe. Bis nachher."

Er beobachtete Regina, wie sie an ihrem Schreibtisch saß und telefonierte. Fast tat es ihm leid, dass er Trier verlassen musste. Er hoffte nur, dass sich Laubach nicht irrte.

„Ich muss los," sagte er zu ihr. „Vielen Dank nochmal für deine Hilfe."

„Geschenkt", antwortete sie und lächelte. Dann fügte sie noch hinzu: „Wir sehen uns ja dann heute Nachmittag."

Roger zögerte kurz, bevor er entschlossen sagte: „Ja, sicher, bis dann ... tschüss."

Auf dem Weg zurück in sein Hotel sagte er sich, dass er Regina wahrscheinlich niemals wiedersehen würde. Aber das war vielleicht auch besser so. Schließlich hatte er Edith, und die hatte bereits genug gelitten. Auch wenn diese Regina verdammt süß aussah ...

Wilfried staunte nicht schlecht und war leicht verstimmt, als er hörte, dass Roger ihn nach nur einer Übernachtung fast schon fluchtartig verlassen wollte. Trotzdem händigte er ihm den Betrag wieder aus, den Roger für eine ganze Woche im Voraus bezahlt hatte. Roger räumte sein Gepäck zusammen, brachte es in den Corsa, kaufte am Bahnhof ein paar Blumen für Edith und fuhr zurück in die Eifel. Das Laubach mit seiner Vermutung falsch liegen könnte, kam ihm nicht in den Sinn.

Vierzehntes Kapitel

11. Juni 2013
14.30 Uhr

Die Nachmittagssonne hüllte die Felder in ein kräftiges Rot. Die Straße machte eine Kurve und führte dann hinab nach Daun. Mit zusammengekniffenen Augen griff Roger Peters nach seiner Sonnenbrille und setzte sie auf. Die wenigen Menschen, auf die er traf, blickten nicht auf, als er mit dem Corsa an ihnen vorbeifuhr. Zügig erreichte er das Polizeipräsidium.

Am Empfang saß eine Frau, die er nicht kannte. Roger grüßte freundlich und erklärte ihr, dass er zu Kommissar Laubach wollte. Wie gewohnt bekam er die Liste, trug sich ein und ging dann hinauf in die Kriminalabteilung. Bereits draußen auf dem Flur konnte er Laubachs und Sigismunds Stimmen hören. Der Tonlage nach schienen sie etwas Interessantes zu diskutieren. Er klopfte kurz an die Tür des Vorzimmers und gab Fräulein Hübscher ein Zeichen. Die telefonierte gerade, nickte aber mit dem Kopf in Richtung Laubachs Büro. Roger ging zu Laubachs Büro und öffnete.

„… dass der Kerl etwas mit dem Einbruch in ein Schmuckgeschäft in Gerolstein zu tun hat", sagte Sigismund gerade.

„Einbruch, Schmuckgeschäft? Hab ich da etwas verpasst?"

Laubach, der die Füße auf dem Schreibtisch liegen hatte und mit seinem Bürostuhl wippte, sah auf und kniff ein Auge zu. „Äh … nein, aber gut, dass du da bist, Roger! Herr Sigismund und ich sind gerade dabei, eine kleine Lagebesprechung abzuhalten. Also zieh dir ´nen Kaffee draußen am Automaten und setzt dich irgendwo hin. Ich bin gleich bei dir."

Roger tat wie ihm geheißen, während Laubach drinnen das Gespräch fortsetzte.

„Schwarzenegger, wo waren wir stehengeblieben?"

„Bei der heißen Spur, Chef."

„Ach so, ja. Also hör genau zu, ich erzähl`s nur einmal. Es geht um den Toten von Kylburg. Förster hat mit seiner Mannschaft den ganzen verfluchten Wald durchkämmt. Alles hätte wie ein Unfall ausgesehen, hätte der Mistkerl nicht die verdammte Kette in die Faust des Toten gelegt. Aber es gab keine weiteren Spuren, keine Fingerabdrücke, nichts. Doch dann haben Försters Männer einen Daumenabdruck auf dem Anhänger gefunden. Förster hat den Abdruck mit dem Register verglichen und eine Übereinstimmung gefunden. Zwar haben wir noch immer keinen Namen, nur einen Vergleichsabdruck. Aber der stimmte mit jenem überein, den wir vor einem Jahr in dem Fluchtauto eines Schmuckräubers gefunden hatten. Der Einbruch in das Schmuckgeschäft fand damals in Gerolstein statt."

„Na, ist doch prima", sagte Sigismund. „In jedem Schmuckgeschäft gibt es doch Überwachungskameras. Und die überwachen nicht nur, die zeichnen auch auf. Und wer beschlagnahmt nach einem Einbruch normalerweise die Videobänder? Genau. Die Polizei, und die sind wir!"

Laubach sah seinen Assistenten mit großen Augen an. „Die Videobänder, Mensch, Schwarzenegger, dass ich daran nicht gedacht habe! Beweg sofort deinen Hintern ins Archiv und hol mir die Bänder!"

„Wird gemacht, Chef. Wenn die im Archiv liegen, dann finde ich sie auch", erwiderte Sigismund.

Er war schneller aus dem Büro als Laubach seine Füße vom Schreibtisch nehmen konnte.

Während Sigismund im Archiv herumhantierte, ging Laubach seinen alten Schulfreund Roger suchen. Er fand ihn vor einer Pinnwand stehend und die Aushänge studierend. Ein halbvoll gefüllter Becher mit Kaffee stand auf einem verblichenen Holzstuhl.

„Freut mich, Roger, dass du es geschafft hast, so schnell hierher zu kommen", sagte er. Roger drehte sich zu ihm um.

„Selbstredend, Kloppe. Hier scheint ja mächtig was los zu sein. Kommt ihr voran?"

„Es geht so. Ab und zu tauchen halt neue Hinweise auf, und manchmal hat sogar Schwarzenegger einen Lichtblick. Ich habe ihn gerade ins Archiv geschickt, um nach bestimmten Videobändern zu suchen. Bitte gedulde dich noch einen Augenblick. Er müsste gleich wieder zurück sein."

Es dauerte eine halbe Stunde, bis er wieder zurück war. Dafür schleppte er aber auch so einiges an. Anscheinend hatte er tatsächlich die Videobänder gefunden und dazu gleich das passende Lesegerät mitgebracht. Er schnaufte ganz schön, als er das Ding auf den Rollwagen hievte, wo normalerweise die Akten der aktuellen Fälle lagen, wenn Laubach sie nicht gerade auf seinem Schreibtisch hatte.

„Na, Sigismund, ein bisschen Sport würde Ihnen auch nicht schaden", zog Laubach ihn auf. „Hat ziemlich lange gedauert. Sie haben wohl mit dem Günter unten im Keller noch `nen Kaffee getrunken, was?"

Er wusste, dass Günter unten im Polizeiarchiv oft stundenlang einsam seinen Posten hielt und sich daher über jeden Besucher freute. Sigismund grinste. „Hat `ne Weile gedauert, Chef, bis wir die Dinger gefunden haben! Lagen in einem der Metallschränke in dem kleinen Kabuff, hinter der Registratur. Günter hat mir dann das Lesegerät für diese altmodischen Dinger gezeigt und mir auch gleich erklärt, wie es funktioniert. Zum Glück kannte er sich damit aus. Er meinte, er hätte früher nur mit solchen Dingern gearbeitet. Sollen aber verdammt schlecht für die Gesundheit gewesen sein. Haltungsschäden, wenn Sie verstehen, was ich meine Chef? Man kann die Position nicht verändern, also hängt man ewig vor dem Kasten in ein und derselben Stellung ..."

„Ist gut jetzt, Schwarzenegger. Halten Sie keine langen Reden, sondern sehen Sie zu, dass der Apparat ans Laufen kommt", unterbrach ihn Laubach.

„Geht sofort los, Chef, einen Moment noch."

Sigismund hantierte an dem Lesegerät herum, drückte hier und dort auf einen Schalter, zog an einem Hebel. Laubach hegte schon die Befürchtung, dass es am Ende nichts werden würde, als das Gerät tatsächlich summte, und der Monitor anfing zu flackern. Dann tauchten die ersten Bilder auf. Die Qualität war nicht besonders gut, aber es war zu erkennen, wie zwei maskierte Männer die Regale und Vitrinen eines Geschäftes leer räumten, etwas in ihre Rucksäcke steckten und zur Tür hinaus stürmten. Hätte die Videoanlage Geräusche aufzeichnen können, wäre wahrscheinlich die Alarmanlage zu hören gewesen, aber so …

„Teure Klunker verkaufen, aber kein Geld in eine gescheite Überwachungsanlage investieren, was, Chef?", meinte Sigismund.

Laubach hörte nicht auf das Geschwätz seines Assistenten. Wie gebannt starrte er auf den Monitor. „Einer von diesen beiden Kerlen muss unser Mörder sein", sagte er nachdenklich.

„Und den möchten Sie sich jetzt krallen?", fragte Sigismund.

„Selbstverständlich! Wenn's geht, alle beide, einen nach dem anderen. Mir ist da gerade eine Idee gekommen." Er griff nach seinem Telefon und wählte die Nummer vom Einbruchsdezernat.

„Gutmann!"

„Laubach hier, hallo Stefan! Sag mal, du hast doch die Sache mit dem Schmuckgeschäft in Gerolstein bearbeitet, nicht wahr?"

„Meinst du den Einbruch vor einem Jahr?"

„Ja, genau den meine ich."

„Ja, den habe ich bearbeitet. Warum fragst du, Kurt?"

„Das ist eine ziemlich lange Geschichte, Stefan, aber ich sehe da eine Verbindung zu unseren Mordfällen."

„Sag bloß! Wenn ich dir irgendwie helfen kann?"

„Das hoffe ich. Ich habe die Videobänder hier. Darauf sind die maskierten Einbrecher zu sehen."

„Ich weiß, die kenne ich."

Laubach stutzte. „Die Bänder?", fragte er.

„Nein, die Männer. Guido Schulz und Achim Brandt sind beide vorbestraft und Stammgäste der JVA Rheinbach. So viel mir bekannt ist, sitzt der Schulz derzeit noch wegen einer anderen Sache ein. Wir gehen aber davon aus, dass die beiden noch einen Komplizen hatten. Einer, der den Wagen gefahren und Schmiere gestanden hat. Wir haben dementsprechende Fingerabdrücke in dem verlassenen Fluchtauto gefunden, doch leider konnten wir nicht alle Abdrücke zuordnen."

Laubach war überrascht.

„Drei Männer, sagst du?"

„Davon gehen wir aus. Achim Brandt halten wir übrigens an der langen Leine", erklärte Gutmann weiter. „Weil wir den Schmuck bis heute noch nicht gefunden haben. Die Kerle waren ziemlich clever und haben anscheinend vereinbart, das Zeug vorerst nicht anzurühren. Zusätzlich scheinen sie jeglichen Kontakt zueinander zu meiden. Dennoch sind wir guter Hoffnung, dass einer von ihnen uns irgendwann zu dem Versteck der Klunker führen wird."

„Willst du mir damit etwa sagen, dass du ebenfalls weißt, wo sich Achim Brandt aufhält?"

„Im Moment nicht ganz genau, aber das bekomme ich schnell raus. Warum interessierst du dich denn so für ihn?"

Plötzlich brachen bei Laubach alle Dämme. „Festnehmen lassen, Stefan!", brüllte er in den Hörer. „Sofort festnehmen lassen!"

Sigismund staunte nicht schlecht angesichts der plötzlichen Aktivität, die sein Vorgesetzter an den Tag legte. Der flog förmlich ins Vorzimmer und feuerte Anweisungen auf Fräulein Hübscher ab, noch bevor die überhaupt von ihrem Computer hoch sehen konnte. „Sagen Sie alle Termine für heute ab. Ich muss zur JVA nach Rheinbach."

Fräulein Hübscher sah ihn erschrocken an.

„Da ist aber gerade etwas Wichtiges reingekommen, Chef. Ein anonymer Anruf. Jemand will in einem Waldstück bei Forst Teile eines menschlichen Skeletts gefunden haben."

„Was? Auch das noch, gerade jetzt! Rufen Sie Förster an. Der soll mit Sigismund an die Fundstelle fahren." Laubach drehte sich um, schnappte sich seine zerknitterte Jacke und rannte los.

„Was ist denn mit dir los?", fragte Roger, als Laubach auch an ihm vorbei stürmen wollte.

Laubach hielt kurz inne. „Ich möchte jemandem einen Besuch abstatten und ihn gleichzeitig durch den Fleischwolf drehen. Möchtest du dabei sein?"

Roger wunderte sich über gar nichts mehr. „„Warum nicht", antwortete er. „Das ist auf jeden Fall unterhaltsamer, als hier auf dem Flur einen weiteren Kaffeebecher zu leeren."

„Also dann, nichts wie los. Ich erzähle dir die Einzelheiten während der Fahrt."

Er drehte sich nochmals um und rief in Richtung der offenen Tür: „Und Sie halten hier die Stellung, Fräulein Hübscher. Das ist auch wichtig ...!"

Fünfzehntes Kapitel

Am frühen Nachmittag strömten die Dorfbewohner von Meerfeld ans Ufer des Meerfeldermaares. Es war ungewöhnlich warm. Die Leute setzten sich in den Schatten der großen Bäume, stellten Bierkästen ins Wasser oder warfen die mitgebrachten Grills an. Ein Paar löste sich aus der Menge und zog sich an einen fast leeren Abschnitt des Ufers zurück. Sie neckte ihn, gab ihm einen flüchtigen Kuss und lief lachend ans Wasser. Der Mann sah zu, wie seine Partnerin ihre Füße in das kühle Nass steckte. Dann hörte er sie rufen: „Hey, Wolfgang! Da liegt etwas Komisches im Wasser!"

Er watete ein paar Schritte ins Wasser, um sich den Fund näher anzusehen. Als er begriff, was er sah, wich er zurück und stammelte: „Großer Gott, sieh nicht dahin, Alice!" Er rannte auf die mittlerweile aufmerksam gewordene Menge zu. „Polizei! Jemand muss die Polizei rufen!"

16:25 Uhr

Eine Viertelstunde nach dem Anruf ergänzten zwei Polizeifahrzeuge und ein Leichenwagen die Szenerie. Sigismund hatte das Ufer mit Plastikband abgesperrt, um Sensationshungrige davon abzuhalten, sich dem Fundort zu nähern. Ein weiterer Dienstwagen traf ein und bremste mit quietschenden Reifen. Förster steckte seinen Kopf aus dem Seitenfenster.

„Was ist los?", fragte er.

„Schon wieder den Rest einer Leiche", erwiderte Sigismund. „So langsam habe ich wirklich genug."

„Ist Laubach schon da?"

„Nein, der ist nach Rheinbach gefahren. Der weiß noch nichts von seinem Glück."

„Ich verstehe. Na, dann wollen wir mal. Herr Sigismund, bitte sorgen Sie dafür, dass niemand hier herumtrampelt, während ich die Fundstelle untersuche." Mit diesen Worten ging Förster hinunter ans Seeufer. Auch nach all den Dienstjahren musste er sich dazu zwingen, eine Wasserleiche anzusehen. Er erreichte den Körper und blieb schweigend stehen. Der Anblick war alles andere als schön. Die Person war als solche kaum mehr zu erkennen. Sie hatte zu lange im Wasser gelegen. Vermutlich war sie ursprünglich mit etwas Schwerem befestigt gewesen. Mit etwas, dass sich bei fortschreitender Verwesung losgelöst haben musste. Nach einer kurzen Untersuchung wusste Förster, dass er eine männliche Leiche vor sich hatte. Er gab dem wartenden Fahrer des Leichenwagens ein Zeichen.

„Bringen Sie den armen Kerl ins Leichenschauhaus. Ich sehe mich hier noch ein wenig um und komme dann nach."

Sigismund gesellte sich zu ihm. „Was haben Sie herausgefunden, Herr Förster?"

Der zuckte die Achseln. „War einfach! Einen männlichen Toten."

Sigismunds Augen weiteten sich vor Überraschung. „Sind Sie sich sicher? Ich kann da keinen Unterschied feststellen."

„Schon mal was von Anatomie des menschlichen Körpers gehört?"

„Nun ja ..."

„Sehen Sie, das habe ich mir gedacht. Sagen wir einfach, ich erkenne es am Knochenbau. Und dann habe ich noch das hier gefunden." Er zeigte Sigismund eine goldfarbene Kette mit einem Yin und Yang Anhänger, die er in einen Plastikbeutel gesteckt hatte.

Sigismund starrte das Ding entgeistert an. „Nein, bloß nicht schon wieder!", entfiel es seinem Mund.

„Also, ich rufe Sie dann an, wenn ich fertig bin", meinte Förster.

„Am besten, Sie sprechen direkt mit Kommissar Laubach. Na, der wird sich freuen ..."

Sie schüttelten sich die Hand, und Förster ging. Sigismund blickte sich ein wenig ratlos in der Umgebung um. Die fröhliche Atmosphäre verwirrte ihn. Das Paar, das die Leiche gefunden hatte, beantwortete die Fragen der zahlreichen Schaulustigen, die sie neugierig umringten. Ein junger Polizeibeamter trat an ihn heran. „Wollen Sie mit den beiden sprechen, Herr Sigismund?"

„Nein, im Augenblick nicht. Sollen sie ruhig die Klugscheißer spielen."

Der andere seufzte. „Haben Sie eine Erklärung dafür, warum sich normale Menschen gerne Leichen ansehen?"

„Keine Ahnung. Vielleicht weil sie gerne sehen, wie Blut vergossen wird, vorausgesetzt, es ist nicht ihr eigenes."

„Ach so, Sie meinen wie bei der Hochzeit?"

Sigismund sah seinen Kollegen ungläubig an. „Wie bitte? Ich verstehe nicht ganz."

„Na, immer Brautjungfer sein, niemals die Braut, ha, ha, ha."

„Der ist gut!" Sigismund grinste breit. „Oder immer nur Trauzeuge und niemals Bräutigam. Kommen Sie, machen wir, das wir von hier fort kommen."

Sechzehntes Kapitel

16.00 Uhr

Laubachs alter Mercedes 200 Diesel stand auf dem Parkplatz
vor dem Präsidium in der prallen Sonne. Im Inneren roch es
nach verstaubtem Plastik. Roger kurbelte die Seitenscheibe
so weit wie möglich herunter. Er sah, wie das Lenkrad förmlich an Laubachs Händen klebte. *Hier drinnen könnte er
auch mal wieder sauber machen*, dachte er.

Von Daun bis nach Rheinbach benötigten sie fünfundfünf-
zig Minuten. Die Straßen waren eng und kurvenreich, aber
es herrschte nicht viel Verkehr. Die JVA Rheinbach, früher
einmal mitten auf einer grünen Wiese erbaut, war nun um-
randet von schmucken Einfamilienhäusern, auch wenn Laubach und Peters nicht verstanden, wie man sich in einer solchen Umgebung wohl fühlen konnte. Trotzdem war es eine
nette Gegend, wo Kinder noch auf der Anliegerstraße spiel-
ten. Laubach hielt mit seinem Wagen unmittelbar vor der roten Schranke am Wächterhäuschen und griff fast automatisch
nach dem Ausweis, der immer in der oberen Tasche seiner
zerknitterten Jacke steckte.

„Hier können Sie aber nicht stehen bleiben", grunzte ihm
eine Stimme entgegen. Er wollte gerade wieder den Anlasser

betätigen, als der Besitzer dieser Stimme an seinem Auto erschien und an die Scheibe klopfte.

„Ach, du bist es, Kurt! Schön, dich wieder mal bei uns zu sehen. Hast dich ja kaum verändert. Immer noch die gleiche Visage wie damals in Köln."

„Danke für die Blumen, Hartmut. Wie ich sehe, geht es dir blendend. Hast ein wenig zugelegt, was, mein Lieber?"

Er kannte Hartmut Reisiger noch von ihrer gemeinsamen Dienstzeit in Köln. Stets hatten sie sich gut verstanden und auch hier und da ein Bierchen zusammen getrunken. Aber seitdem man ihn in die Eifel abgeschoben hatte, waren solche privaten Kontakte zu den früheren Kollegen rar geworden. Schade, wie Laubach fand.

Reisiger öffnete die Schranke. „Kannst durchfahren, Kurt. Der Parkplatz liegt da vorne rechts."

Laubach tat, wie ihm geheißen. Dann ging er mit Roger zu dem Wächterhäuschen zurück und stellte Reisiger seinen Begleiter vor.

„Und was treibt euch zwei hier raus nach Rheinbach?", wollte der wissen.

„Wir möchten einen eurer Gäste besuchen", sagte Laubach mit ironischer Stimme. „Einen gewissen Guido Schulz. Kennst du ihn zufällig?"

„Schränker Guido? Oh ja, den kenne ich sogar sehr gut. Der ist sozusagen Dauergast bei uns. Im Moment sitzt er wegen eines gestohlenen PKWs bei uns ein. Bei den Vorstrafen, die der hat, wird er selbst für kleinere Delikte sofort verknackt. Seine Spezialgebiete sind jedoch eher Geldschränke und Raub von Geld und Schmuck."

„Traust du ihm einen Mord zu?"

„Mord?" Reisiger wirkte überrascht. „Nein, das tue ich nicht. Der Schulz ist eher der gutmütige, gewaltlose Typ."

„Na, dann besten Dank für die Auskünfte, Hartmut."

„Warte Kurt. Ich begleite euch noch zum Empfang, damit du nicht so viele Formalitäten kriegst, und danach könnt ihr hinauf ins Besucherzimmer gehen. Es befindet sich im zweiten Stock."

„Okay, Hartmut, dafür danke ich dir."

„Ist doch keine Ursache, Kurt. Für einen alten Kumpel tut man doch gerne mal was."

Sie trugen sich in die Besucherliste ein und wollten gerade hinauf zum Besucherzimmer gehen, als Laubachs Handy klingelte. Mit unwilligem Knurren nahm er das Gespräch an. „Laubach, was gibt's?"

„Förster hier. Mensch, Kurt, wo treibst du dich denn herum? Dich trifft man ja neuerdings kaum noch im Büro an!"

„Ist ja schon gut, Gerd. Was gibt es denn so dringendes? Ich bin in Eile."

„Nun, ich habe da etwas, was dich sicher interessieren wird. In dem Erdaushub neben unserem Skelett haben wir eine Brosche und eine Taschenuhr gefunden."

„Das interessiert mich allerdings.Die könnten gut und gerne von der Beute aus dem Schmuckraub stammen. Das müsst ihr sofort überprüfen.Ich für meinen Teil bin gerade auf dem Weg zu einem der Ganoven. In jedem Fall danke ich dir für den Hinweis. Ich melde mich später."

„Halt, warte doch mal, Kurt. Ich bin noch nicht fertig! Ich

komme gerade vom Meerfelder Maar. Es hat noch eine Leiche gegeben."

„Was sagst du da? Ich glaube, ich spinne. Ja, sind wir denn hier in der Eifel oder in Afghanistan, verdammt noch mal?"

„Selbstverständlich in der Eifel. War aber ganz klar Mord, Kurt. Die Kugeln haben seinen Brustkorb durchlöchert. Ich meine natürlich was noch davon übrig geblieben ist. Ein schönes Kettchen war übrigens auch dabei. Scheint unser Serienmörder zu sein. Wir versuchen jetzt anhand des Zahnschemas ..."

„Davon will ich gar nichts mehr hören, Gerd! Du tust deine Arbeit und ich tue meine. Mir reicht´s wirklich!"

Damit legte er auf, gab Roger ein Zeichen, und gemeinsam gingen sie hinauf zum Besucherzimmer. Dabei schüttelte Laubach unentwegt mit dem Kopf, gab aber keine Erklärung ab.

Ein Wachmann brachte den Sträfling herein. Das Erste, was Laubach und Peters auffiel, als sie Schulz in die Besucherzelle kommen sahen, war sein überaus gepflegtes Aussehen. Und das, obwohl er hier mit richtig hartgesottenen Verbrechern Zelle an Zelle saß. Nur seine Augen passten nicht so recht dazu. In ihnen glomm etwas Undefinierbares. Etwas, das sich nicht greifen ließ.

Schulz betrachtete seine beiden Besucher mit Argwohn. „Wer sind Sie denn?", fragte er, bevor er sich Laubach und Peters gegenüber auf einen Plastikstuhl setzte und die beiden anstarrte.

„Ich bin Kommissar Laubach von der Kriminalpolizei Daun, und das hier ist mein Kollege Peters", sagte Laubach.

„Ja, und?"

„Wir sind hier, um mit Ihnen über den Einbruch zu sprechen."

„Einbruch?", fragte Schulz. „Was denn für einen Einbruch? Ich bin hier drin, weil ich ein Auto geklaut habe. Mit einem Einbruch habe ich nichts zu tun."

Laubach blickte ihn scharf an. „So, haben Sie nicht? Dann will ich Ihrer Erinnerung gerne ein bisschen nachhelfen. Ich bin im Besitz eines schönen Filmchens, und da sind Sie drauf!"

Schulz verzog keine Miene.

„Also gut", fuhr Laubach fort. „Anscheinend muss ich noch deutlicher werden. Außerdem gibt es da noch den Abdruck eines Daumens ..."

Schulz verzog verärgert das Gesicht. „Das kann gar nicht sein!"

Laubach packte nach. „Gestehen Sie, Mann. Ihr Kumpel hat bereits geredet!"

Das schien Schulz jetzt doch nicht so richtig zu gefallen.

„Ich weiß überhaupt nicht, was Sie von mir wollen. Ohne meinen Anwalt sag ich überhaupt kein Wort mehr."

Stille.

„Das ist aber nicht sehr klug von Ihnen, Herr Schulz", bohrte Laubach weiter. „Ihre Kumpels waren da ganz anders drauf, auch ohne Anwalt. Sie wollen allerdings auch gar nichts getan haben, schieben Ihnen alles in die Schuhe. Also, wem soll ich denn jetzt glauben?"

Guido Schulz riss die Augen auf, schloss sie allerdings wieder ganz schnell und zuckte mit den Achseln.

„Das kann gar nicht sein", sagte er noch einmal.

Laubach hatte seine Gemütsregung bemerkt und legte noch einen Zahn zu.

„Damit wir uns klar verstehen, Freundchen. Hier geht es um Mord, nicht nur um einen Einbruch. Und die Strafe für Mord sitzen Sie nicht auf einer Arschbacke ab. Ich neige zu der Annahme, dass Ihre Kumpels dafür verantwortlich sind. Daher möchte ich Ihnen eine Chance geben, die Sie eigentlich gar nicht verdient haben. Wenn Sie kooperieren, können Sie sich etliche zusätzliche Jahre im Knast ersparen, die Ihnen sonst für einen Mord sicher sind."

Schulz hörte aufmerksam zu, sagte aber immer noch keinen Ton.

„Aber dafür erwarte ich natürlich, dass Sie rückhaltlos offen mit mir sprechen und dass Ihre Aussage bestätigen kann, dass Ihre Kumpels den Überfall alleine geplant haben und sie nichts von den Morden wussten."

Auf einmal kam Leben in den Mann. „Moment mal! Sie reden hier andauernd von Mord. Was denn überhaupt für einen Mord?", fragte er. „Mit Mord habe ich nicht das Geringste zu tun!"

„Eben, genau das meine ich ja. Und deshalb wäre es besser für Sie, wenn Sie mir die Wahrheit sagen."

Schulz überlegte kurz, zögerte aber weiterhin. „So ein Mist. Sie kennen den Kerl doch überhaupt nicht. Der ist zu allem fähig. Wenn der erfährt, dass ich ihn verpfiffen habe, macht er mich kalt."

„Nicht, wenn er lebenslang im Gefängnis sitzt. Außerdem werden wir Sie aus allem raus halten. Obwohl, wir könnten ihm natürlich auch stecken, dass Sie uns dabei geholfen haben, ihm etwas anzuhängen. Welchen von Ihren Kumpels meinen Sie eigentlich, Herr Schulz?"

„Na, Achim Brandt natürlich. Der bringt mich um. Genauso, wie er es mit dem armen Joost gemacht hat."

Den letzten Satz hatte er im Flüsterton gesprochen, doch Laubach und Peters hatten seine Worte genau verstanden. Laubach starrte Roger an, der starrte zurück. Hatten sie wirklich richtig gehört?

„Nun mal raus mit der Sprache, Herr Schulz", sagte Laubach. „Es ist wirklich besser für Sie, wenn Sie mir jetzt alles erzählen."

Laubach gab Roger ein Zeichen, damit der sich entsprechende Notizen machte. Dann wandte er sich wieder dem Häftling zu.

„Also das war so, Herr Kommissar. Wir haben das Ding zu dritt durchgezogen. Achim Brandt, Frank Joost und ich. Am Anfang hatte auch alles prima geklappt. Wir waren übereingekommen, die Beute erst einmal zu verstecken und nicht anzurühren, bis Gras über die Sache gewachsen war. Erst dann wollten wir wiederkommen und die Klunker ausgraben. Wir sind also in ein ganz bestimmtes Waldstück gefahren und wollten die Chose vergraben, aber dann hat es Streit gegeben. Auf einmal bestand Frank darauf, seinen Teil der Beute sofort ausgehändigt zu bekommen. Sie haben sich gestritten, er und Achim. Da hat Achim seine Pistole gezogen und Frank kurzerhand erschossen. Wir haben dann das Zeug hastig verscharrt und sind abgehauen. Mir hat er das gleiche Schicksal angedroht, wenn ich nicht spuren würde."

Laubach war der Schilderung aufmerksam gefolgt, während Roger so viel wie möglich von Schulz´ Aussage zu Papier brachte. Dafür erntete er von seinem Schulfreund einen anerkennenden Blick.

„Das ergibt endlich einen Sinn", sagte er zu Schulz. „Was habt ihr mit Franks Leiche gemacht?"

„Na, was wohl?", antwortete Schulz. „Vergraben haben wir den armen Kerl. Zusammen mit den Juwelen."

„Dann sind wir gerade auf seine sterblichen Überreste gestoßen", meinte Laubach. „Allerdings lagen da nur noch ein paar Reste von der Beute. Offensichtlich hatte Ihr Kumpel Brandt nicht vor, sich an seine eigene Abmachung zu halten."

„Das verdammte Schwein!" Schulz ballte erbittert die Fäuste. „Und den Bruno hat er auch noch auf dem Gewissen."

Laubach und Peters sahen sich verwundert an. „Wer ist denn jetzt schon wieder Bruno?", fragten sie beinahe gleichzeitig.

„Ach, so`n Möchtegernganove. Brandt hat ihn mal im Knast kennengelernt. Er muss irgendwie Wind von unserem Coup bekommen haben. Jedenfalls hatte er geglaubt, einen Anteil von der Beute abbekommen zu können."

„Ja, und?"

„Da kennen Sie aber Achim Brandt schlecht. Er hat ihn kalt gemacht und in einen See geworfen. Das können Sie mir aber nicht anhängen, hören Sie! Das kann ich sogar beweisen! Als der Achim das gemacht hat, habe ich hier bereits gesessen, das war der ganz alleine. Er hat mir nur durch einen Kumpel was gesteckt, damit ich Bescheid weiß."

Laubach überkam ein Geistesblitz. „Moment mal! Handelt es sich bei dem See, den Sie gerade erwähnten, vielleicht um einen Vulkansee in der Nähe von Manderscheid?"

Schulz blickte Laubach ungläubig an. „Bruno stammt in der Tat aus Manderscheid. Woher wissen Sie ...?"

Laubach grinste und machte eine lässige Handbewegung. „Das tut hier nichts zur Sache. Ich denke, das reicht jetzt." Er nickte Roger zu und deutete auf das Blatt, welches der die ganze Zeit beschrieben hatte.

„Das ist Ihr Geständnis, Herr Schulz. Mein, äh ... Kollege hat alles aufgeschrieben. Fehlt nur noch Ihre Unterschrift. Natürlich wird noch ein ordentliches Protokoll angelegt werden, aber das hier bringt uns schon mal weiter."

Laubach grinste angesichts Rogers Eifer. Schulz überlegte nicht mehr lange.

„Scheiße!", sagte er. „Na gut ich mach`s, aber nur wenn Sie mir versprechen, dass mein Name nirgendwo auftaucht."

„Sie haben mein Wort", sicherte ihm Laubach zu. Gleichzeitig zwinkerte er mit einem Auge in die Richtung, wo sein alter Schulfreund saß. So schnell konnte es gehen.

„Na sehen Sie, das war`s schon", sagte er wieder zu dem Gefangenen. „Sie werden jetzt wieder zurück in Ihre Zelle gebracht, und wir sehen zu, dass Ihr Kumpel Brandt seine gerechte Strafe bekommt."

Laubach schwelgte schon in Vorfreude auf die mögliche Verhaftung eines gefährlichen Mörders, doch noch während sie hinunter zum Parkplatz gingen, klingelte sein Handy. Er griff danach. „Ja?"

„Hübscher hier, Chef. Das Einbruchsdezernat hat gerade angerufen. Ich soll Ihnen ausrichten, dass sie ihn haben."

„Wen, Achim Brandt?"

„Genau den, Chef. Gutmann meinte, er würde Brandt gleich zum Verhör vorführen."

„Na, das ging ja verdammt schnell! Ist Schwarzenegger schon zurück?"

„Nein, Chef."

„Na, ich bin auf jeden Fall dabei, Fräulein Hübscher. Bin schon unterwegs, ich beeile mich!"

Roger sah ihn erstaunt an.

„Hier ist was los", sagte Laubach, als er den fragenden Blick seines früheren Schulkameraden bemerkte. „Du erlebst heute mal einen richtig spannenden Polizeitag, Roger. Wir müssen auf dem schnellsten Weg zurück nach Daun. Gutmanns Leute haben das Dreckschwein gefasst. Mal sehen, was sie aus dem raus bekommen."

Siebzehntes Kapitel

Auf dem Weg nach Daun trat Laubach ordentlich aufs Gaspedal. Dabei warf er einen Blick auf die Uhr im Armaturenbrett. *Was? Schon zwanzig nach sechs?* „Verdammte Scheiße", fluchte er vor sich hin. Was, wenn Staatsanwalt Leyendecker nicht mehr im Hause war? Würden sie ohne ihn anfangen? Er trat noch härter aufs Gaspedal und fegte durch die nächste Kurve. Die tief stehende Sonne blendete ihn so, dass er vor Schreck das Lenkrad herumriss. Der Mercedes geriet ins Schleudern. Kieselsteine knallten gegen die Kotflügel, doch Laubach brachte den Wagen wieder auf die Fahrbahn zurück.

Roger krallte sich in den Türgriff. Laut fluchend, wischte er sich eine feuchte Hand an seiner Hose ab. *Der fährt wie der Henker,* dachte er. Er hatte den Gedanken kaum zu Ende gedacht, da fing der Motor an zu stottern. Hektisch trat Laubach noch mehr auf das Gaspedal. Das Auto ruckte mehrmals, rollte noch ein Stückchen und blieb stehen. Laubach hatte ihn gerade noch auf den Grünstreifen lenken können. Mit einem letzten Blubbern erstarb der Motor vollends.

„Verdammt, ausgerechnet jetzt!"

Laubach schaute auf die Tankanzeige. Die Nadel wackelte lahm hinter der Reservemarkierung. Wütend schlug er gegen das Lenkrad. Diese Volltrottel von der Bereitschaft hatten vergessen, den Wagen vollzutanken. Mit denkbar schlechter Laune stieg er aus und knurrte seinem Freund zu, dass sie nur zu Fuß weiterkommen würden. Roger fügte sich in sein Schicksal, stieg ebenfalls aus und spurtete hinter Laubach her. Den Wagen ließen sie mit eingeschaltetem Warnblinklicht einfach am Straßenrand stehen.

18.45 Uhr

Staatsanwalt Leyendecker stand mit dem Rücken an der Tür, die zu dem Vernehmungsraum führte. Er hörte das leise Klicken des Türgriffs, dann ertönte ein beherrscht geduldiger Seufzer. Zwei Polizisten brachten Achim Brandt in Handschellen hinein. Allerdings hatten auch sie nicht verhindern können, dass sich Brandt vorher auf dem Flur kurz mit einem Reporter besprochen hatte. Die hingen mittlerweile zu jeder Tageszeit auf dem Polizeipräsidium herum und versuchten die ein oder andere Information aufzuschnappen. Diesmal war es ausgerechnet Dornfeld von der Eifelzeitung, der den richtigen Riecher hatte. Geistesgegenwärtig hatte er Brandt eine Exclusivstory angeboten und ihm dafür einen Batzen Geld in Aussicht gestellt. Brandt schien sein Angebot gefallen zu haben. Sichtlich erregt saß er dem Staatsanwalt gegenüber.

Der Staatsanwalt beobachtete den Mann mit einer Mischung aus Abneigung und Neugierde. Sah so ein mehrfacher Mörder aus? Jemand, der eiskalt plante und dann sorgfältig seine Morde ausführte?

Brandt machte nicht gerade den hellsten Eindruck. In seinen Augen flackerte blanke Wut und seine breiten Schultern und die tätowierten Oberarme strahlten eine bedrohliche Gewaltbereitschaft aus.

„Ihnen steht es zu, einen Anwalt zu konsultieren", sagte Richter Maifeld.

„Nein, ich verzichte darauf."

„Gut, wie Sie wollen. Ich möchte Sie noch darauf hinweisen, dass wir dieses Gespräch aufzeichnen."

„Von mir aus."

„Gut, dann fangen wir an. Also, wir haben bei Ihrer Festnahme eine größere Menge nicht gemeldeter Waffen in Ihrem Haus gefunden. Was sagen Sie dazu?"

„Nun ja, Sie wissen doch Herr Richter, leider gibt es bei uns auf dem Land mehr Kriminelle als man sich vorstellen kann. Ich musste mich doch schützen."

„So, mussten Sie das. Mit einem Maschinengewehr?" Leyendecker sah ihn scharf an.

„Warum denn nicht? Hab mich einfach sicherer gefühlt mit so `nem Ding."

„Und Sie haben natürlich nicht gewusst, dass private Maschinengewehre illegal sind?"

Brandt machte einen auf unschuldig. „Tatsächlich?"

„Und was ist nun mit den Morden? Wollen Sie mir dazu etwas sagen, Herr Brandt?"

„Aber sicher, gern, Herr Staatsanwalt. Ich habe die Taten begangen."

„Wie bitte?" Leyendecker schluckte.

„Ich gestehe, sie umgebracht zu haben."

Leyendecker überlegte. Eigentlich kam ihm das Geständnis viel zu schnell.

„Sind Sie sich wirklich dessen bewusst, was Sie da gerade gestehen?", fragte er vorsichtig.

„Ja, bin ich."

„Dafür gehen Sie lebenslang ins Gefängnis."

„Na und?"

„Also gut, dann müssen Sie nur noch ihr Geständnis unterschreiben. Über ihre Motive werden wir uns dann später noch ausführlich unterhalten. Erklären Sie mir nur eins vorab. Was hat es mit dieser Kette und dem Anhänger auf sich?"

„Sie meinen Yin und Yang?"

„So ist es."

„Ich liebe Gegensätze, Herr Staatsanwalt." Brandt verzog sein Gesicht zu einem grotesken Grinsen.

Leyendecker ließ ihn abführen.

„Der hat sie nicht mehr alle", dachte er und besah sich das Geständnis. Gerade wollte er das Dokument in seinen Aktenkoffer stecken, als Laubach und Peters den Vernehmungsraum betraten. Sie sahen verschwitzt und abgehetzt aus.

„Wo ist der Kerl?", fragte Laubach, noch ganz außer Puste. Auch Roger war erschöpft und setzte sich erst einmal auf einen Stuhl.

„Ich habe ihn wegbringen lassen", antwortete Leyendecker. „Er hat gestanden, für die Morde verantwortlich zu sein. Hier ist sein Geständnis."

Er legte dem verdutzten Laubach das Dokument auf den Tisch. Der überflog es und nickte anerkennend. „Gute Arbeit, Herr Staatsanwalt. Es gibt auch noch eine zusätzliche Aussage seines Komplizen. Sie haben den Juwelenraub zu dritt durchgezogen. Später haben sie sich gestritten und Brandt hat einen seiner Kumpels getötet. Genau so, wie all die anderen. Ich habe also Recht gehabt."

„Das sieht zumindest ganz danach aus. Und trotzdem, irgendwie ist mir alles viel zu glatt gegangen. Ich meine, niemand gesteht so einfach, eine Anzahl Morde begangen zu haben. Sind Sie sich wirklich sicher, dass er der Serienmörder ist?"

„Würde er sonst gestanden und unterschrieben haben?", fragte Laubach. „Wir haben ein Skelett gefunden, was vermutlich sein zweiter Kumpel bei dem Einbruch war, sowie ein paar Schmuckstücke, die wahrscheinlich aus der Beute des Juwelenraubs stammen. Außerdem haben wir einen Hinweis von seinem Partner bekommen, dass Brand noch einen weiteren Mann auf dem Gewissen hat, einen ehemaligen Zellengenossen, der ihn offenbar um die Beute erleichtern wollte. Die Leiche haben wir inzwischen gefunden, und laut Förster lag auch bei der so eine Kette mit dem Yin und Yang-Symbol. Zudem hat er Ihrem Protokoll nach ja sogar zugegeben, dieses Symbol verwendet zu haben. Der Nachweis, dass er sich an den betreffenden Tatorten aufgehalten hat, ist wohl nur noch Formsache. Damit machen wir ihn dingfest."

Leyendecker zuckte mit den Achseln und wandte sich zum Gehen. „Darüber wird noch zu sprechen sein. Im Moment jedenfalls werde ich die Aussage so hinnehmen. Bis dann, meine Herren."

Roger blickte zu Laubach, der zuckte mit den Achseln. „Da schließt man einmal einen Fall zügig ab, und dann ist es auch nicht gut. Komm, wir gehen in mein Büro, ich brauch dringend ein kühles Bier."

„Du hast Bier in deinem Büro?"

„Na, was denkst du denn? Eine ganze Kühltasche voll. Sogar alkoholfreies für dich, damit du noch heimfahren kannst!"

„Na, dann nichts wie hinüber in dein Büro."

Sie beeilten sich. In seinem Büro ging Laubach direkt auf den großen Aktenschrank zu, in dem er die Kühltasche unauffällig verstaut hatte. Roger schlenderte an Laubachs Schreibtisch. Darauf lag ein glänzender Gegenstand in einem versiegelten Klarsichtbeutel.

„Was hast du denn da liegen, Kloppe?", fragte er. Laubach drehte sich zu ihm um und reichte ihm eine Bierdose.

„Ach so, das ist sicher die Kette, die sie in der Faust des letzten Toten gefunden haben. Förster muss sie mir auf den Schreibtisch gelegt haben, während wir in Rheinbach waren."

Roger griff nach seinem Alkoholfreien, setzte sich vor den Schreibtisch und betrachtete die Kette. Er öffnete die Dose und nahm einen großen Schluck. Dann schaute er wieder auf die Kette.

„Scheiße", sagte er nach einer Weile, und dann wurde er auf einmal furchtbar aufgeregt. „Kloppe, der Brandt war es nicht! Hast du dir die Kette einmal richtig angesehen?"

Laubach sah irritiert auf. Er stellte sein Bier zur Seite, griff nach dem Anhänger und starrte abwechselnd auf die Kette und auf seinen ehemaligen Schulfreund.

„Was sagst du da, Roger? Ich verstehe nicht ganz …"

„Fällt dir denn gar nichts auf?"

„Ich weiß nicht, worauf du hinaus willst, Roger."

„Na, die Kette, sie ist goldfarben, genauso wie der Anhänger."

„Ja, und...?"

„Die Ketten, die der Mörder in den anderen Fällen hinterlassen hat, waren aus Silber! Achim Brandt ist ein Trittbrettfahrer und hat höchstens den Mord an Frank Joost und an diesem Bruno begangen. Wahrscheinlich hat er die Geschichte mit dem Yin und Yang Anhänger aus der Zeitung und deshalb sein jüngstes Opfer mit so einem schnell gekauften Anhänger versehen. Ich meine, als Versuch, auch diesen Toten dem Serienmörder unterzuschieben. Na ja, und in der Zeitung war eben nicht so eindeutig zu erkennen, dass die anderen Ketten nur aus Silber waren."

Laubach fiel die Kinnlade nach unten. Mit einem Mal fühlte er sich hundeelend. Entsetzt blickte er auf die Kette und den Anhänger.

„Verdammte Scheiße, Roger. Das könnte sein. Und was machen wir jetzt?"

„Zurück auf Los, Kloppe. Wir fangen wieder von vorne an. Ich hau mich diese Nacht bei Edith auf`s Ohr und fahr dann morgen früh wieder nach Trier. Hat sich doch gelohnt, dass du mich aus Trier zurück bestellt hast."

„Da hast du verdammt Recht, Roger", seufzte Laubach. „Die Sache ist verdammt ernst. Was machen wir jetzt nur mit der wirklichen Bestie? Anscheinend wird der unbekannte Täter immer ungeduldiger und gefährlicher. Er schlägt in kürzeren Abständen zu und tarnt seine Taten nicht mehr als Unfall."

„Stimmt genau, Kloppe. Und mich irritiert ganz gewaltig,

dass die getarnten Morde und die nicht getarnten, das Mädchen auf dem Anhänger, das Skelett im Wald, der Schuss auf
Frau Biedermann und das neuste Opfer von Brandt irgendwie nicht zusammenpassen.

„Ganz genau. Ich werde noch mal mit den Kollegen vor
Ort sprechen, und dann fahren Schwarzenegger und ich
ebenfalls nach Trier."

Na, ob das etwas ändert, dachte Roger nur.

Achtzehntes Kapitel

12. Juni 2013
11.00 Uhr

Der Mann, der bereits mehrfach unerkannt seine Visitenkarte abgegeben hatte, saß im obersten Stockwerk der Trier Galerie in einer kleinen Cafeteria und beobachtete das Geschehen in seiner unmittelbaren Umgebung. Voller Behagen genehmigte er sich dabei eine süße Waffel mit Kirschen und eine extra Portion Schlagsahne.

Zu der Cafeteria gelangte man über eine steile Treppe, die hinauf auf eine breite Plattform führte. Die Plattform, von der aus man in die Tiefe beziehungsweise auf die anderen Stockwerke schauen konnte, war ein beliebter Aussichtspunkt. Natürlich war sie zusätzlich mit einem Metallgeländer gesichert. Die Besucher hielten sich an dem halbhohen Geländer fest, während sie nach unten blickten. Niemandem würden dabei die feinen Drähte mit den Elektroklammern auffallen, die er vorhin an den Übergängen des Geländers befestigt und geschickt durch Pflanzen verdeckt hatte. Das andere Ende der Drähte führte direkt in eine Steckdose, welche sich, offensichtlich für Dekorationen gedacht, kaum sichtbar in einem Sockel unterhalb seines Tisches befand.

Nun saß er gespannt da und wartete auf sein nächstes Opfer. Für jeden Außenstehenden wirkte der Mann ruhig, besonnen und unscheinbar. Niemand bemerkte die tiefe innere Unruhe, die ihn gepackt hatte, wie jedes Mal, bevor er wieder einen Triumph feiern konnte. Und diesmal würde es ein besonders prächtiges Schauspiel geben.

Er bestellte sich gerade noch einen Espresso, als er sah, wie ein junger Polizist mit einem braunen Briefumschlag in der Hand an seinem Tisch vorbei eilte. Er blieb ruhig. Die Anwesenheit von Polizei störte seine Pläne nicht. Es machte das Kommende höchstens noch interessanter. Außerdem war er sich sicher, dass etwaige Polizeiaktivitäten hier nichts mit ihm zu tun haben konnten. Er hatte keine Spuren hinterlassen. Sie würden ihn niemals auch nur in Verdacht haben.

Zwei Frauen mittleren Alters, die am Nebentisch saßen, debattierten heftig über steigende Lebensmittelpreise. Sie reckten die Hälse, um besser sehen zu können, was sich in ihrer Umgebung tat. Er überlegte, ob wohl eine von ihnen gleich an das Geländer treten würde, und schloss Wetten mit sich selbst ab, welche es wohl sein würde.

Auf einmal kam eine junge Frau mit einem Rucksack die Treppe hinauf gestiegen, steuerte das Geländer an, stockte dann aber und drehte sich um, den Blick auf die Cafeteria gerichtet. Anscheinend dachte sie darüber nach, ob sie noch hineingehen sollte. Der Mann hielt den Atem an. Er spürte den Adrenalinstoß in seinen Adern. Die Frau entschied sich offensichtlich gegen die Cafeteria, drehte sich um, ging an das halbhohe Geländer und griff nach dem Metall.

Zuerst sah der Mann, wie sie zusammenzuckte, dann verlor sie das Gleichgewicht. Sie versuchte noch, sich abzufangen, aber ihr Rucksack verlieh ihrem Oberkörper Übergewicht und zog sie über die Brüstung. Mit einem markerschütternden Schrei stürzte sie in die Tiefe. Das Deckenlicht flatterte, dann fiel für einen kurzen Moment die Beleuchtung aus.

Der Mann nutzte die allgemeine Verwirrung, um den feinen Draht aus der Steckdose zu ziehen. Dazu benutzte er eine kleine Isolierzange. Ein kurzer, scharfer Ruck, und der Draht löste sich auch von dem Geländer. Er steckte Zange und Draht ein, trank seinen Espresso aus, legte das Geld hin, erhob sich von seinem Platz und ging nach unten.

Die junge Frau lag auf dem Steinboden und röchelte. Anscheinend lebte sie noch. Überall ertönten aufgeregte Stimmen. Eine entsetzte Menschenmenge sammelte sich um die Schwerverletzte. Manche bückten sich zu ihr hinunter und versuchten sie anzusprechen, während andere aufgeregt mit ihren Handys fotografierten. Der Mann gesellte sich zu ihnen. Den kleinen runden Anhänger hatte er schon vorher vorsorglich blankgeputzt und dann in ein Stofftuch gelegt, damit er keine Fingerabdrücke hinterließ. Er zögerte einen kurzen Augenblick, blickte sich vorsichtig um und beobachtete die Menge. Niemand schenkte ihm Beachtung. Er nutzte den günstigen Augenblick, bückte sich und legte die Kette mit dem Anhänger um den rechten Schuh der jungen Frau. Dann verließ er den Ort seines Verbrechens, mit einem Kopfschütteln und dem Wort „Schrecklich!" auf seinen Lippen. Als die Sanitäter eintrafen, befand er sich schon längst außer Sichtweite. Bald, sehr bald schon würde er ein weiteres Opfer finden …

18.00 Uhr

„Seht mal her, wer da kommt!", sagte Dieter Braun sarkastisch. „Hatten wir nicht bereits gestern eine Verabredung?"

Auch die anderen sahen nicht gerade begeistert aus, als Roger zu ihnen an den Tisch kam. Der hatte richtig getippt, wo er Dieter und dessen Freunde finden würde, im Cubiculum. Zuvor hatte er sich bei Wilfried im Hotel Europa zurückgemeldet. Wilfried hatte nicht schlecht gestaunt, als Roger auf einmal wieder vor ihm stand und sein Gepäck vor den Tresen stellte. Natürlich hatte es ihn auch ein wenig gefreut, und so hatte er Roger wieder das gleiche Zimmer mit Blick auf die Porta Nigra gegeben. Roger hatte noch einmal die Formalitäten ausgefüllt, war dann in sein Zimmer gegangen und hatte noch schnell ein kurzes Verkaufsgespräch in spanischer Sprache zu Papier gebracht. Danach war er mit dem Corsa zum Dom gefahren und war zu Fuß weiter ins Stadtzentrum gegangen. Er hatte gewusst, dass eine dicke Entschuldigung fällig sein würde.

„Tut mir wirklich leid", sagte er jetzt, und es klang einigermaßen verlegen, „aber ich war krank. Eine fiese Magen-Darm Geschichte."

„Wir leben im Zeitalter des Mobiltelefons, Roger", entgegnete Melanie.

„Das schon, aber ich hatte keine Telefonnummer von euch."

„Du wusstest doch aber, wo ich arbeite!" Das war Regina. Sie schien deutlich eingeschnappt zu sein.

Roger zuckte zusammen und produzierte ein verkniffenes

Lächeln. „Auweia, daran habe ich gar nicht gedacht."

„Nun lasst mal gut sein", rief Axel dazwischen. „Er war doch krank, hört ihr denn nicht? Dafür konnte er doch nichts. Dann treffen wir uns eben am Wochenende, um die Aufgabe anzugehen."

„Äh ... dazu habe ich bereits etwas vorbereitet", sagte Roger und legte seine Notizen auf den Tisch."

„Ich dachte, du warst krank?", erwiderte Dieter misstrauisch.

„War ich auch. Gestern", sagte Roger. „Aber ihr wisst doch, wie schnell diese Sachen aus der Apotheke heutzutage wirken. Heute morgen ging es mir jedenfalls schon deutlich besser, und dann habe ich halt meine Hausaufgaben gemacht."

„Wie dem auch sei, wir werden uns trotzdem zum Üben zusammensetzen müssen. Aber am Wochenende können Regina und ich leider nicht. Wir fahren in die Eifel zum Wandern", meinte Melanie.

„Und morgen Abend ist auch schlecht. Da spielt doch Foreigner in der Trier Arena. Kommst du mit, Roger?", wollte Axel wissen.

„Foreigner spielen in Trier? Na klar, und ob ich da mitkomme!"

„Gut, dann gehen wir doch zusammen hin. Wollt ihr auch mit?" Er blickte auffordernd in die Runde. „Obwohl, Regina, solltest du nicht besser zu Hause bleiben und lernen?", scherzte Axel.

Sie schenkte ihm einen wütenden Blick.

„Ist ja schon gut. Sollte nur ein Witz sein", gab er jetzt lachend bei.

160

Melanie kam Regina zur Hilfe. „Lass dich bloß nicht ärgern, Regina. Axel kann manchmal echt schräg drauf sein, wenn du verstehst, was ich meine."

Sie einigten sich darauf, dass letztes Endes alle ins Konzert mitkommen wollten. Dann war es auch schon Zeit, und sie brachen gemeinsam zur Volkshochschule auf.

Intensives Spanisch war angesagt. Mendoza war wie immer gut in Form. Er kritzelte eine Reihe neuer Vokabeln an die Tafel und feuerte entsprechende Wortsalven ab. Diesmal waren es kaufmännische Begriffe. Die Studenten mussten aufmerksam zuhören, um alle Vokabeln zu begreifen. Selbst Roger qualmte der Kopf. Von Wirtschaftsspanisch hatte er doch nicht so die große Ahnung. Seine Stärke war eher die Umgangssprache. Er hatte nicht einmal gewusst, wie „einen Wechsel ziehen" auf Spanisch hieß. Dann war Pause, und sie gingen wie gewöhnlich nach draußen, beziehungsweise zum Kaffeeautomaten im Aufenthaltsraum. Aber die Gespräche waren heute irgendwie nervöser als sonst.

„Habt ihr von dem Unfall in der Galerie gehört?" sagte jemand.

„Ja, furchtbar, nicht wahr?", antwortete eine Dame, die Roger nicht kannte.

„Ich hab`s vorhin im Radio gehört. Die arme Frau liegt ohne Bewusstsein im Krankenhaus. Soll unzählige Brüche und Frakturen abbekommen haben, die Ärmste. Die Ärzte wissen noch nicht einmal, ob sie durchkommt."

Roger horchte auf. War da etwa wieder einer dieser mysteriösen als Unfall getarnten Morde geschehen?

„Was genau ist denn passiert?", fragte er aufgeregt.

Offenbar war er etwas zu ungestüm auf die Dame zugegangen. Sie blickte ihn etwas erschrocken an. „So genau weiß ich das auch nicht. Im Radio haben sie gesagt, dass eine Frau in der Trier Galerie vom obersten Stockwerk in die Tiefe gestürzt ist. Ich kenne das Einkaufzentrum. Ganz oben befindet sich eine Cafeteria. Da geh ich manchmal selbst hin. Davor befindet sich eine kleine Plattform. Da geht es verdammt tief runter, wenn Sie mich fragen."

Roger bedankte sich für die Auskunft. Der Unfall passte verteufelt gut zu den anderen. Ihn beschlich das unangenehme Gefühl, etwas Wichtiges übersehen zu haben. Am liebsten hätte er auf der Stelle mit Laubach telefoniert.

Die letzte Unterrichtsstunde wurde beinahe zur Qual für ihn. Was interessierte ihn die spanische Buchführung, wenn möglicherweise derselbe Mistkerl wieder zugeschlagen hatte. Er wollte nur eins: Raus und mit Laubach sprechen.

„Kommst du noch mit auf ein Bier?", fragten die anderen.

„Tut mir leid, aber heute Abend muss ich passen", erwiderte Roger. „Ich bin noch nicht richtig wieder fit und möchte heute lieber frühzeitig ins Bett."

„Aber morgen kommst du doch mit? Ich meine zu dem Konzert?", fragte Regina, die auf einmal neben ihm stand.

„Ganz bestimmt. Foreigner lass ich mir nicht entgehen. Darauf freue ich mich schon."

„Na, dann pass gut auf dich auf!", sagte sie, bevor sie ihn gehen ließ. Roger versprach es und drückte ihr einen Kuss auf die Wange. Regina schaute ihn verblüfft an, sagte aber kein Wort. Roger ging eilends vom Domhof hinüber zum

Domparkplatz, wo Ediths Corsa stand. Das Handy lag im Handschuhfach. Er holte es raus und wählte hastig Laubachs Nummer. Niemand nahm ab. Eine monotone Stimme bat ihn, eine Nachricht im Anschluss an diese Ansage zu hinterlassen. Er versuchte es noch einmal, wieder ohne Erfolg.

„Kloppe, wo steckst du?", bellte er wütend in den kleinen Apparat. Aber natürlich kam keine Antwort. Also setzte er sich hinters Lenkrad und fuhr los. Zunächst kutschierte er ziellos durch die Straßen von Trier.

Der Verkehr war dichter als sonst. Viele Besucher hatten die längeren Öffnungszeiten der Geschäfte am Donnerstagabend zu einem Einkaufsbummel genutzt. Einkaufsbummel – das war's! Er konnte sich wenigstens den potentiellen Tatort einmal ansehen. *Wo lag dieses verfluchte Einkaufszentrum?*

Er wartete als letzter auf der Linksabbiegerspur in Richtung Hauptmarkt, als er etwas Metallic-Graues in seinem Rückspiegel aufblitzen sah. Automatisch drehte er sich um. Ein dunkelgrauer Geländewagen saß quasi direkt auf seiner Stoßstange, und zwar so dicht, dass er das Nummernschild nicht mehr erkennen konnte. Der Fahrer trug eine Baseballkappe tief ins Gesicht gezogen und eine Sonnenbrille. Er grinste unverschämt. Roger ließ den Corsa soweit vorrollen, bis er wenigstens das Markenemblem auf der Kühlerhaube erkennen konnte. Es war ein Landrover. Augenblicklich setzte der Fahrer mit seinem Wagen nach und blieb noch dichter hinter ihm als zuvor. Fast glaubte Roger, der Typ würde den kleinen Corsa vor sich herschieben wollen. Sein Magen verkrampfte sich. Irgendwie schien ihm das fast wie eine persönliche Sache zu sein, obwohl er niemanden kannte, der ein solches Fahrzeug fuhr.

„*Wer zum Teufel ...*" Er ließ den Gedanken sofort wieder fallen, als sich die Autoschlange langsam in Bewegung setzte. Im Rückspiegel sah er, dass der Fahrer des Geländewagens beide Hände am Lenkrad hatte. Es sah so aus, als würde er das Spielchen fortsetzen wollen. Mit einer Reflexbewegung gab Roger Gas, bog scharf rechts ab und danach gleich wieder rechts. *Leide ich etwa an Verfolgungswahn?*, fragte er sich. Das Ganze war wirklich extrem schräg.

Bevor er wieder in die Fleischstraße bog, schaute er sich sorgfältig um und entdeckte gleich drei verschiedene graue Geländewagen. *Wenn man darauf achtet, sind diese Dinger tatsächlich überall!* Aber keiner der Fahrer schien ihn zu beachten.

Irgendwie hatte er jetzt keine Lust mehr, nach dem Einkaufszentrum zu suchen. Also fädelte er sich wieder in den Verkehr ein und fuhr geradewegs zurück zu seinem Hotel.

Und auf einmal sah er ihn wieder. Ein alter, metallic-grauer Geländewagen parkte schräg gegenüber vom Hotel Europa auf dem Kundenparkplatz eines Supermarktes. Der Mann, der auf dem Fahrersitz saß, trug eine Baseballkappe und Sonnenbrille Sofort packte ihn wieder dieses unangenehme Gefühl. Er fuhr mit quietschenden Reifen auf den Parkplatz des Hotels, zwang sich dann zur Ruhe – *Verdammt, ich sehe Gespenster!* – und stieg gemessen aus dem Corsa. Während er auf den Eingang zuging wurden seine Schritte aber schon unwillkürlich wieder schneller. Er holte sein Handy heraus und tippte hastig Laubachs Nummer hinein. Wieder die Mailbox. *Verdammt, wo steckt der Kerl denn bloß? Immer wenn man ihn dringend braucht ...*

Er wollte gerade die Wahlwiederholungstaste drücken, da bog der Geländewagen aus seiner Parklücke und tuckerte in gemäßigtem Tempo davon. „Wilfried, sind Sie da?", rief Roger in Richtung Rezeption. Keine Antwort. *Was ist denn bloß los heute? Noch einer, der nicht da ist, wenn man ihn braucht.*

Noch immer von der Situation mit dem SUV irritiert, hastete Roger die Stufen zum ersten Stock hinauf. Das Zimmer mit der Nummer zwanzig war ordnungsgemäß verschlossen. Wie gewohnt öffnete er die Tür, streifte seine Jacke ab, warf sie auf`s Bett, ging wieder zur Tür, um sie von innen zu verschließen – und stockte.

Auf dem Teppichboden, direkt vor seinen Füßen, lag ein Zettel. Roger hob ihn auf und faltete ihn auseinander. Die Botschaft war klar und deutlich.

„Hör auf, oder sie lebt nicht mehr lange!"

Neunzehntes Kapitel

13. Juni 2013
19. 30 Uhr

Die gut 4500 Sitzplätze waren bereits belegt, als Melanie, Regina, Dieter, Roger und ein paar andere aus dem Kurs die Trier Arena betraten. Das war nicht weiter tragisch, hatten sie doch nur noch Stehkarten für den Innenraum bekommen. Und da drängte sich jetzt die Masse hinein. Die Mädchen wollten so weit wie möglich nach vorne an die Bühne. Roger hätte es vorgezogen, im hinteren Teil, wo etwas weniger Gedränge war, zu verweilen. Er hatte noch gezögert und überlegt, ob er überhaupt zu dem Konzert gehen sollte. Der Zettel mit der Warnung sprach eine eindeutige Sprache. Da schien jemand genau zu wissen, wer er war, und ihn auf Schritt und Tritt zu verfolgen. Anscheinend wusste dieser jemand sogar, dass er Regina … nun, zumindest sehr sympathisch fand. Was war mit dem Typen in dem SUV, der ihn gestern verfolgt hatte? Konnte es jemand aus dem Kurs gewesen sein? Er kannte allerdings niemand dort, der einen SUV fuhr. Oder hatte er sich das Ganze doch nur eingebildet? Aber dagegen sprach der ominöse Zettel. Er ging zu den Frauen nach vorn an die Bühne. Besonders Regina wollte er nach der schriftlichen Drohung nicht aus den Augen lassen.

Die Menge kochte. „Anfangen!", drang es aus vielen Mündern. Die Band ließ sich auch nicht allzu lange bitten. Es ertönte ein Instrumental von Juxebox-Heroes, dann ging es los. Ganz in schwarz gekleidet kamen die Musiker auf die Bühne. Von der Originalbesetzung der 70er Jahre war nur noch der Gitarrist Mick Jones dabei, aber das tat der guten Musik keinen Abbruch. Die Herren rockten was das Zeug hielt. *Double Vision, Urgent, Jukebox-Heroes, Feels Like The First Time, Hot Blooded*... Insgesamt hatte Foreigner 16 Top Ten Hits. Dann wurde das Tempo langsamer. Bei *I Want To Know What Love Is* lehnte sich Regina für einen Moment an Rogers Schulter. Das fühlte sich verdammt gut an. Trotzdem ließ die innere Anspannung nur ganz kurz von ihm ab. Er hatte sich vorgenommen, wachsam zu sein und besonders auf Regina aufzupassen.

Wie richtig er damit lag, wusste er zu diesem Zeitpunkt allerdings nicht.

In sicherer Entfernung stand ein Mann und beobachtete ihn unauffällig, aber genau. So nahm er auch jene kurze intime Berührung war, die zwischen Roger und Regina stattfand. Wie leicht konnte es bei einer Großveranstaltung wie diesem Konzert zu einem Unfall kommen! Aber der Mann wusste, dass er es nicht übertreiben durfte. Ein besserer Zeitpunkt würde kommen. Bald, recht bald schon.

Den letzten Song, den Foreigner spielte war *Waiting For A Girl Like You*. Dann kam noch ein Zugabe mit einem gekonnten Solo von Mick Jones, und das war`s dann. Die Menge tobte, applaudierte, verlangte nach einer zweiten Zugabe, aber es kam nichts mehr. Erst jetzt bemerkte Roger, dass sich die anderen aus seinem Kurs überall in der Menge verstreut hatten. Nur Regina war bei ihm geblieben, und er hatte sich so auf sie allein konzentriert, dass er sich gar nicht um den Verbleib der anderen gekümmert hatte. Ein Fehler, wie er jetzt einsah. Wer sagte denn, dass Regina und nicht zum Beispiel Melanie die Frau war, die der Unbekannte im Visier hatte?

Draußen vor der Arena trafen sie jedoch alle wohlbehalten wieder aufeinander.

„Mensch, wo seid ihr denn alle die ganze Zeit gewesen", fragte Dieter.

„Regina und ich standen direkt vorne an der Bühne", antwortete Roger.

„Ich hab euch gesehen", fügte Melanie hinzu. „Ich hab noch eine gute Freundin von mir getroffen und habe mich zu ihr gestellt."

„Und ich stand in der Nähe des Bierstandes", meinte Axel.

„Na ja, ist ja auch egal. In jedem Fall war das Konzert Spitzenklasse, meint ihr nicht auch?"

„Bin ganz deiner Meinung, Dieter. Dieser Kelly Hansen besitzt fast die gleiche Stimme wie der Bandgründer Lou Gramm. Man konnte kaum einen Unterschied heraushören", sagte Roger.

„Ganz meine Meinung", sagten Melanie und Regina fast gleichzeitig.

„Hast du die Band früher schon einmal live gehört?", wollte Dieter weiter wissen.

„Ja, Anfang der 80er Jahre. Zusammen mit Journey. Das war auch so eine tolle Gruppe.", sagte Roger.

„Ist sie immer noch, mein Lieber", erwiderte Axel. „Obwohl, die haben jetzt als Sänger einen Asiaten. Soll aber gar nicht schlecht sein, der Bursche."

„Gute Musik bleibt eben gute Musik. Daran ändert sich auch nichts. Wollen wir noch irgendwo etwas trinken gehen?"

Regina winkte ab. „Heute nicht mehr, Dieter. Melanie und ich wollen doch morgen zum Wandern in die Eifel."

„Und was ist mit euch beiden?", wandte Dieter sich an Roger und Axel.

„Ich für mein Teil habe für heute auch genug", erwiderte Roger.

„Ich komm noch auf ein Glas mit", sagte Axel.

Und so löste sich die kleine Gruppe langsam auf. Melanie und Regina morgen irgendwo in der Eifel alleine im Wald zu wissen, behagte Roger gar nicht. Aber was sollte er tun? Er musste seine Tarnung bewahren. Außerdem, was wusste er schon Genaues? Nichts, gar nichts. Und zu allem Überfluss hatte er auch heute wieder nicht mit Laubach sprechen können. Mit einem Gefühl der Hilflosigkeit ging er zurück in sein Hotel.

Zwanzigstes Kapitel

15. Juni 2013
10.00 Uhr

Regina liebte es, durch den Wald zu wandern. Im Schatten der Bäume war es angenehm kühl. Viel kühler als in Melanies Fiat, den sie auf einem kleinen Parkplatz abgestellt hatten.

„Wie schön es ist, einmal aus der Stadt raus zukommen, oder was meinst du, Melanie?"

„Bin ganz deiner Meinung, Regina. Hier im Wald ist es so still und friedlich. Das war wirklich eine prima Idee von dir."

„Finde ich auch. Nur schade, dass die anderen keine Lust auf wandern hatten. Komm, lass uns einen kleinen Sprint einlegen, zum Warmlaufen!"

Regina spurtete los. Lange Grashalme, noch feucht vom Tau, schlugen ihr gegen die Beine. Sie holte tief Luft und genoss das Gefühl. Eigentlich hätte sie sich albern vorkommen müssen. Sie rannte hier im Wald herum, wie ein Kind, das sich austoben wollte. Aber manchmal brauchte sie das eben.

Sie machte einen Satz über eine tiefe Furche im Waldboden, ohne ihren Lauf zu unterbrechen. Bereits nach wenigen hundert Metern hatte sie Melanie hinter sich gelassen, konnte sie nirgendwo sehen oder hören. Regina blieb kurz stehen, wischte sich den Schweiß von der Stirn und lauschte. Da waren keine Schritte, kein Rascheln. Hatte sie sich tatsächlich bereits so weit von ihrer Freundin entfernt?

Auf einmal beschlich sie ein eigenartiges Gefühl, ihr wurde flau im Magen. Der Wald erschien ihr heute unnatürlich ruhig zu sein. Fast schon bedrückend. Sie versuchte, das Gefühl zu ignorieren, doch das gelang ihr nicht. Irgendwie fühlte sie sich beobachtet, ohne dass jemand zu sehen war. Sie atmete heftig. Das Geräusch, das sie dabei verursachte, klang übermäßig laut in ihren Ohren. Sie zwang sich, weiterzulaufen, während sie sich bemühte, die Ruhe zu bewahren. Ein großer Greifvogel setzte zu einem Sturzflug an, schnappte nach einer kleinen Maus am Wegrand und zog nur einige Meter vor ihr wieder in die Höhe. Mit einer reflexartigen Bewegung sprang Regina zur Seite. Sie war wohl zu sehr abgelenkt. Eigentlich hätte sie die große Wurzel auf ihrem Weg gar nicht übersehen können. Mit einem kleinen Aufschrei stolperte sie und landete mitten auf dem Waldweg. Hier blieb sie einfach sitzen und wartete, noch immer mit diesem unguten Gefühl. Sie konnte förmlich fühlen, wie ihr vor Erleichterung ein Stein vom Herzen fiel, als sie nach einigen Minuten Melanie auf sich zukommen sah.

„Machst du schon Pause?", fragte ihre Freundin scherzhaft.

„Nun ja ... ich bin über die Wurzel da gestolpert.‘

„Kein Wunder, so wie du auf einmal los gespurtet bist."

„Mir war einfach danach, Melanie."

„Hier, trink erst einmal etwas." Melanie nahm eine Flasche Gatorade aus ihrem Rucksack und reichte sie ihrer Freundin.

Regina nahm einen kräftigen Schluck.

„Ah ... gut! Jetzt geht es mir besser. Mensch, war das gestern ein gutes Konzert, was? Foreigner, war das nicht die Lieblingsband von Rainer Hohn?"

„Ich glaube, ja. Sag mal, denkst du eigentlich noch oft an ihn?"

Melanie überlegte einen Augenblick. „Manchmal schon", antwortete sie. „Auch wenn er mehr mit Dieter befreundet war. Aber der Unfall war schon sehr merkwürdig."

„So, meinst du?"

Regina sah sie nachdenklich an. „Und wenn Dieter Recht hat? Was, wenn Rainer tatsächlich absichtlich gestoßen wurde?"

Melanie sah ihre Freundin erschrocken an. „Glaubst du das wirklich? Wer sollte denn so was tun?"

Regina zuckte mit den Achseln. „Wahrscheinlich hast du Recht. Wollen wir weitergehen?"

„Gern. Schließlich ist es schon eine ganze Weile her, seit ich das letzte Mal gewandert bin. Ich spüre bereits meine Muskeln."

„Vielleicht sollten wir das öfters machen. Dann kommst du auch wieder in Form."

„Meinst du?"

„Nun ja ... warum nicht?"

Regina stand wieder auf. Sie gingen einige Minuten nebeneinander her, ohne dass ein Wort gesprochen wurde. Schließlich hielt Regina die Stille nicht mehr aus.

„Läuft da eigentlich etwas zwischen dir und Axel?", wollte sie wissen. Melanie sah ihre Freundin an und lächelte. „Weiß man`s?", antwortete sie. „Er sieht doch gut aus und ist sehr nett. Ich hätte nichts dagegen. Und was ist mit dir und Roger?"

„Ach, ich weiß nicht. Ich glaube nicht, dass da etwas laufen wird. Ich meine, eigentlich kenne ich ihn ja auch gar nicht richtig, und manchmal ist er so seltsam. Fast kommt es mir so vor, als ob er zwei verschiedene Persönlichkeiten hätte. Kommt er dir nicht auch etwas merkwürdig vor?"

Jetzt musste Melanie laut loslachen. „Ha, ha, sehr merkwürdig. Besonders, wenn er dich mit Stielaugen ansieht", antwortete sie. Dann hakte sie sich bei ihrer Freundin ein. Gemeinsam gingen sie weiter.

Einundzwanzigstes Kapitel

14.00 Uhr

In Trier hockte Roger in seinem Hotel und kritzelte gedankenverloren ein Taijitu auf den kleinen Werbenotizblock des Hotels. Er hatte erneut mehrfach versucht, Laubach auf dem Handy zu erreichen, aber immer war nur diese verflixte Mailbox dran gewesen. Also hatte er Fräulein Hübscher in Daun angerufen, doch die hatte ihm nur berichten können, dass Laubach und Sigismund nochmals nach Forst gefahren waren. Wohin genau, wusste sie nicht. Während er auf den Schreibblock starrte, klingelte sein Telefon. Es war jedoch nicht Laubachs Telefonnummer, die auf dem Display erschien, sondern eine Nummer, die er nicht kannte.

„Hallo Roger, wie geht`s?"

Jetzt wusste er zu wem die Nummer gehörte. Es war Dieter Braun, der ihn anrief.

„Hallo, Dieter. Na, das nenne ich eine Überraschung!"

„Ich hoffe, ich störe dich nicht?"

„Nein, überhaupt nicht. Ich sitze noch an der spanischen Buchführung."

„Du kannst es wohl nicht sein lassen, was?"

„Das ist es nicht. Ich möchte nur bald mit dem Kram fertig sein."

„Schade, dass die Mädels ausgeflogen sind, nicht wahr?"

„Da hast du Recht, aber so kann ich wenigstens noch etwas tun."

„Ich sollte ja auch … aber stattdessen habe ich mir gerade ne alte CD von Foreigner aufgelegt."

„Bringst dich wieder in Stimmung, was? Das Konzert war ja auch super."

„Na ja, und da ich nicht weiß, wann Melanie und Regina wiederkommen, dachte ich, ich frage dich mal, ob du Lust hast, irgendwo einen Kaffee trinken zu gehen? Ich würde mich gern mal mit dir treffen. Da gibt es etwas, was ich mit dir besprechen möchte."

Roger zögerte einen Augenblick.

„Hörst du nicht gerade die CD von Foreigner?"

„Ja schon, aber die kann ich mir doch reinziehen, wann ich will."

„Ein anderes Mal gern Dieter, aber bis zum Abend wollte ich eigentlich im Ho… äh zu Hause bleiben. Ich muss mir noch die neuen Vokabeln einprägen."

„Ach so, das verstehe ich natürlich. Aber macht es dir denn was aus, wenn ich es dir kurz am Telefon erzähle?"

„Aber nein, wieso sollte es? Also schieß schon los, Dieter. Erzähl mir, was du auf dem Herzen hast."

Dieter zögerte einen Moment, dann sagte er: „Es ist … es ist nur so, weil du ja erst nach dem Tod von Rainer Hohn in unseren Kurs gekommen bist. Daher denke ich, dass ich dir vertrauen kann."

Auf einmal war Roger hellwach. „Ja, sicher kannst du das", antwortete er gespannt.

„Dann erzähle ich dir jetzt, dass Rainer und ich ein Paar waren."

Er schien eine Antwort zu erwarten, doch als Roger kein Wort sagte, sprach er weiter.

„Nicht, dass wir uns groß geoutet hätten, oder so etwas, aber immerhin haben wir daran gedacht, zusammen zu ziehen."

Roger dachte nach. Damit hatte er in der Tat nicht gerechnet. Trotzdem versuchte er, seine Stimme so neutral wie möglich klingen zu lassen.

„Du warst ja auch auf dieser Abschlussfeier, nicht wahr?", fragte er.

„Natürlich, wir waren ja gemeinsam da, Rainer und ich. Ich hab völlig neben mir gestanden, als Rainer da auf einmal gelegen hat. Das ganze Blut, sein Kopf war ..."

Roger hörte wie Dieter schluckte. Offenbar konnte er nicht weiter reden.

„Das tut mir wirklich leid", sagte Roger vorsichtig.

„Ich kann nicht glauben, dass es ein Unfall war. Rainer hatte in letzter Zeit das Gefühl, dass ihn irgend jemand verfolgte. Und genau das versteh ich nicht." Plötzlich schluchzte er. „Ich verstehe einfach nicht, warum. Rainer hat doch niemandem etwas getan!"

„Davon gehe ich selbstverständlich aus. Das ist wirklich eine schreckliche Geschichte, Dieter. Das Ganze tut mir sehr, sehr leid. Dieter ...?"

Es knackte. Dieter hatte aufgelegt. Roger legte das Handy zur Seite und dachte darüber nach, was er soeben erfahren hatte. Jetzt war ihm natürlich auch klar, warum Dieter kein

Interesse an Regina gezeigt hatte. Er war vom anderen Ufer, und die sollten in Sachen Beziehungen doch besonders sensibel sein. Er dachte noch immer darüber nach, als das Handy zum zweiten Mal klingelte.

„Ja?"

„Roger, hier ist Axel. Wie geht es dir? Ich kann die anderen nicht erreichen. Was liegt heute noch an?"

„Grüß dich, Axel. Bei mir ist alles so weit im grünen Bereich. Ich bin noch an der verdammten Buchführung dran."

„An einem Samstag? Das geht ja gar nicht, Roger. Ich bin schon im Cubiculum. Heute Abend wollen wir in die Disco. Willst du mit?"

„Wer ist wir? Regina und Melanie sind doch zum Wandern in die Eifel gefahren."

„Chris, Peter und ich. Die beiden sind auch bei uns im Kurs. Alles Junggesellen, wie wir. Du kennst sie sicher."

„Ach ja, richtig. Kannst sie direkt von mir grüßen."

„Mach ich, aber was ist nun? Kommst du mit?"

„Ein anderes Mal gern Axel, aber heute …"

„Ha, ha, ha! Ist schon klar, ich versteh schon. Weil Regina nicht dabei ist, hast du keine Lust, was?"

„Ist das so offensichtlich?"

„Kannst ruhig zugeben, dass du auf sie stehst."

„Na ja …"

„Kommst du eigentlich bei ihr voran?"

„Sieht nicht gerade danach aus. Ich fürchte, die hält mich irgendwie für eingebildet und arrogant."

„Hör mal … Regina ist nicht ganz einfach, aber so ganz allein steht sie vielleicht gar nicht mit ihrer Meinung. Manchmal kommst du mir auch ein wenig verdreht vor."

„Wie meinst du das?"

„So wie ich es sage. Ich finde, dass du die Menschen schon irgendwie unterschiedlich behandelst."

„Wieso, das verstehe ich nicht? Der eine ist einem mehr sympathisch und der andere weniger. Das ist doch völlig normal."

„Du musst es ja wissen, Roger. Wenn du wirklich nicht mitkommen willst, dann wünsche ich dir trotzdem einen schönen Abend. Wir sehen uns dann wieder am Dienstag zum Unterricht."

„Oder bereits vorher im Cubiculum", konterte Roger. „In jedem Fall danke ich dir für deinen Anruf."

„Keine Ursache, ich wünsche dir was, Roger."

„Have fun, Axel!"

Die haben gut lachen, dachte Roger als Axel aufgelegt hatte. Die können sich amüsieren, und ich für mein Teil muss mir schleunigst Gedanken machen, wie ich Regina schützen kann, ohne dass es zu sehr auffällt …

Und dann fiel ihm ein, dass er den ganzen Tag noch nicht mit Edith gesprochen hatte. Dieser Anruf war wenigstens etwas, was er problemlos tun konnte.

Noch während er das dachte, wählten seine Finger bereits ihre Nummer.

Zweiundzwanzigstes Kapitel

17. Juni 2013
21.00 Uhr

Laubach und Sigismund waren nach Trier gefahren und hatten etliche Stunden im Polizeipräsidium von Trier verbracht. Dort war man zunächst wenig erfreut gewesen angesichts der Tatsache, dass sich ein Kommissar aus der tiefsten Eifelprovinz in ihre Angelegenheiten mischen wollte. Dazu kam, dass sein auffälliger Assistent Sigismund nicht den besten Eindruck hinterließ. Er schnüffelte überall herum und machte nicht gerade die intelligentesten Bemerkungen. Letztendlich ließen sie Laubach jedoch gewähren. Vor allem weil der anscheinend neue Anhaltspunkte für den vermeintlichen Unfall in der Trier Galerie besaß. Laubach hatte sie über die getürkten Unfälle in der Eifel informiert, nachdem er erfahren hatte, dass man auch bei der verunglückten jungen Frau im Einkaufszentrum eine Kette mit einem auffälligen Yin-Yang-Anhänger gefunden hatte. Daraufhin wurde ihm gestattet, sich am Ort des Geschehens genauer umzusehen. Nach einigem Suchen hatte Laubach einen dünnen Drahtrest an einer Elektroklammer unter dem Metallgeländer gefunden und sich zusammengereimt, wie es der Kerl gemacht hatte. Auch dieser Unfall war nichts anderes als ein weiterer geplanter Mord.

In der Cafeteria selbst hatten sie an dem einzigen Tisch, wo sich eine Steckdose in Reichweite befand, einen Aschenbecher mit Zigarettenkippen gefunden. Die stammten möglicherweise von dem Mörder. Mit etwas Glück würden sie sogar eine entsprechende DNA bekommen. Doch Laubach wusste auch, dass ihn sein Fund zum jetzigen Zeitpunkt kaum weiterbringen würde. Noch immer gab es kein Motiv und keinen Verdächtigen.

Er fuhr in sein Hotel, das ihm von den Trierer Kollegen empfohlen worden war. Gott sei Dank musste er sich nicht auch noch ein Zimmer mit dem Schwarzenegger teilen. Erst als er das Fenster geöffnet und sich eine Dose Bier aus dem kleinen Kühlschrank genommen hatte, fiel ihm Roger ein. *Verdammt, wo steckt der eigentlich?*

Ein Blick auf das Display seines Handys sagte ihm, dass Roger zigmal versucht hatte, ihn anzurufen. „Kein Wunder", brummte er. „Das Scheißding hat ja auch den ganzen Tag im Wagen gelegen." Laubach mochte keine Handys, und diese modernen Alleskönner, wo man an jedem Ort und in jedem Augenblick erreichbar war, schon mal gar nicht.

„Wie hießen die noch gleich? Ach ja, Smartphones. Von wegen Smart … Scheißphones wäre eine viel bessere Bezeichnung. Früher, da haben einen die Mädels wenigstens noch angesehen. Heute glotzen sie nur noch auf dieses dämliche Ding und nehmen von ihrer Umwelt überhaupt nichts mehr wahr. So, und jetzt rufe ich Roger an."

Einen Moment lang stellte er sich vor, was wohl jemand

denken würde, der ihn so mit sich selbst reden hörte. *Durchgeknallter alter Knacker*, dachte er und musste grinsen.

Er tippte Rogers Nummer in die kleine Tastatur ein. „Der von ihnen gewählte Anschluss existiert nicht", bekam er prompt zu hören. Er hatte sich mal wieder vertippt. „Sag ich doch, Scheißdinger sind das", grunzte er, bevor er erneut Rogers Nummer eintippte. Diesmal klappte es.

„Ja?", fragte eine ihm wohlbekannte Stimme.

„Laubach hier, hallo, Roger. Sag mal, was wolltest du eigentlich die ganze Zeit?"

„Mensch, Kloppe, gut, dass du dich endlich meldest! Ich hab mir fast die Finger wund gewählt. Du bist wohl völlig abgetaucht, was? Ich hab zigmal versucht dich zu erreichen, aber du gehst ja einfach nicht an dein Handy."

„Lag im Handschuhfach", erwiderte Laubach. „Du weißt doch, wie ich diese Dinger hasse."

„Na, da lag es ja richtig. Ich hatte schon bei deiner Sekretärin angerufen. Nicht einmal die wusste genau, wo du dich herumtreibst."

„Hm? Ich hab ihr doch gesteckt, dass ich mit Schwarzenegger nach Trier fahren würde."

„Was, der ist auch hier?"

„Ja, im Zimmer nebenan."

„Na dann: *Prost Mahlzeit*. Und wo genau seid ihr?"

„Hotel Moselblick. Haben mir die Kollegen empfohlen."

„O.k. Das ist noch einigermaßen schnell erreichbar. Ich muss dich wirklich ganz dringend sprechen."

Laubach stöhnte. „Muss das heute noch sein? Mein Tag

war auch so schon völlig beschissen! Ich war in dem Einkaufszentrum. Du hast doch sicher von dem Unfall gehört?"

„In der Trier Galerie?"

„Ganz genau, aber von wegen Unfall, das kannst du knicken. Ein astreiner Mordversuch war das. Das Schwein hat das Geländer unter Strom gestellt. Ich habe Kupferdraht und eine Elektroklammer gefunden. Die Kette mit dem Anhänger hat er diesmal um ihren Schuh gehängt."

„Wieder ein Taijitu?"

„Ja sicher, oder glaubst du etwa, der Kerl ändert sein Ritual?"

„Weiß man`s? Habt ihr sonst noch etwas gefunden, Kloppe?"

„Es gibt vielleicht eine DNA Spur. Der Kerl hat möglicherweise einige Zigarettenkippen liegenlassen. Aber ob die uns weiterbringen, dass weiß ich erst in den kommenden Tagen."

„Ich habe auch noch etwas, Kloppe. Genauer gesagt, mehrere Sachen, und deswegen wollte ich dich so dringend sprechen. Zum einen ist es wahrscheinlich, dass Rainer Hohn geglaubt hat, jemand würde ihn verfolgen. Ein Kursteilnehmer hat mir gegenüber diesbezüglich Andeutungen gemacht. Allem Anschein nach ist er mit dem Mann enger befreundet gewesen."

Er hörte wie Laubach tief durchatmete. „Du meinst, sein Lover? War Rainer Hohn schwul?"

„Sieht ganz so aus."

„Dann war der Typ, der ihn verfolgt hat, vielleicht nur ein unerwünschter Verehrer. Oder es ging um Eifersucht."

„Du glaubst, Dieter Braun lügt aus irgendeinem Grund?"

„Wäre zumindest denkbar. Immer, wenn Gefühle im Spiel

sind, ist alles möglich, oder kannst du dir das in diesem Fall nicht vorstellen?"

„Eigentlich nicht. Ich denke, er sagt die Wahrheit. Warum hätte er mich sonst extra anrufen sollen."

„Hat er das getan?"

„Ja, das hat er in der Tat."

„Und seine Freunde?"

„Wenn du die anderen aus unserer Gruppe meinst, die kommen sicher nicht als Täter in Frage. Da könntest du genauso gut gleich mich verdächtigen."

„Und diese Regina?"

„Wie ich dir bereits sagte, auf keinen Fall!"

„Das sagst du aber nicht nur, weil du mit ihr in die Kiste willst?"

„Ach, Kloppe. Da spar´ ich mir lieber die Antwort."

„Ach was, gib schon zu, dass du auf die Kleine stehst."

„Hm ... den Schuh ziehe ich mir nicht an. Ich habe doch Edith."

„Na, dann sieh mal zu, dass die nichts davon erfährt. Außerdem gilt für die Polizei, und damit jetzt auch für dich, immer: Bis zum Beweis des Gegenteils sind erst einmal prinzipiell alle verdächtig!"

„Ja, ja, ich weiß Bescheid. Du bist dir schon im Klaren darüber, dass du es manchmal ein wenig übertreibst, Kloppe?"

„Weiß man's? Auf jeden Fall denke ich, dass wir uns morgen sehen sollten, um unser weiteres Vorgehen zu besprechen. Zuerst ein tödlicher Sturz im Palais Walderdorff und jetzt dieser vermeintliche Unfall in der Trier Galerie. Beides erfordert Ortskenntnisse und genaue Vorarbeiten seitens eines potentiellen Täters. Ich hab so das Gefühl, dass hier in Trier die Fäden zusammen laufen."

„Das bedeutet, du hast vor, ebenfalls länger hier zu bleiben?"

„Das hängt ganz davon ab, wie sich der Fall entwickelt. Jedenfalls stehen die Kollegen in den Startlöchern und die Ermittlungen laufen auf Hochtouren. Wenn wir jetzt noch ein wenig Glück haben, kommen wir dem Kerl doch noch auf die Schliche."

„Oder er kommt mir ein Stückchen näher ..."

„Wie meinst du das?"

„Das ist einer der Gründe, weshalb ich dich so dringend sprechen wollte. Mich beschleicht in letzter Zeit das seltsame Gefühl, dass mir ständig jemand folgt. Da war ein metallicgrauer SUV hinter mir her."

„Bist du dir sicher?"

„Ganz sicher. War ein Scheißgefühl, das kann ich dir sagen."

„Hast du das Kennzeichen?"

„Leider nein. Er ist so dicht aufgefahren, dass ich das Nummernschild nicht erkennen konnte. Und dann ist da leider noch etwas. Ich habe eine Nachricht mit einer Drohung bekommen."

„Du hast was???"

„Ja, jemand hat einen Zettel unter meiner Zimmertür hindurchgeschoben."

„Was denn für einen Zettel?"

„Na so einer, wie man ihn von einem Notizblock abreißt. Quadratisch und kariert."

184

„Und was steht drauf?“

„Hör auf, oder sie lebt nicht mehr lange.“

„Regina?“

„Na, wer denn sonst?“

„Also können wir sie tatsächlich vom Täterkreis ausschließen.“

„Ja, und das ist außerdem der dritte Grund, warum ich hinter dir her telefoniert habe. Wir müssen sie beschützen Kloppe. Sie braucht Personenschutz.“

„Ich dachte, dafür bist du zuständig.“

„Kloppe, bitte, die Sache ist ernst! Der Typ weiß, dass mir Regina irgendwie nahesteht.“

„Du denkst an euer direktes Umfeld?“

„Zumindest aus dem Umfeld der Volkshochschule.“

„Okay, ich überleg´ mir was.“

„Mach das, Kloppe, aber bitte so schnell wie möglich!“

„Na klar!

Ich wünsche dir trotzdem eine angenehme Nachtruhe, Roger. Wir sehen uns morgen.“

„Dir auch Kloppe. Und …“

„Ja, Roger?“

„Trink nicht gleich den ganzen Kühlschrank leer!“

Dreiundzwanzigstes Kapitel

18. Juni 2013

Um 9.30 Uhr klingelte sein Handy. Roger stand gerade unter der Dusche. Schnell drehte er das Wasser ab, griff nach einem Handtuch und tapste in sein Zimmer. Das Handy lag wie immer unter seiner Jeans. Als er danach griff, hörte es auf zu klingeln. „Blödes Ding", murrte er. „Da beeilt man sich extra, um schnell aus der Dusche zu kommen ..."

Das Display leuchtete noch. Laubachs Nummer blinkte ihm entgegen. *Der kann noch zwei Minuten warten, bis ich fertig bin.*

Roger ging zurück ins Bad, griff nach seinem Rasierer und brachte sich vor dem Spiegel in Position. Das Handy fing wieder an zu klingeln.

„Verflucht!"

Er legte den Apparat zur Seite und ging abermals zurück in sein Zimmer. Diesmal klingelte das Handy weiter, und das Display zeigte erneut Laubachs Nummer an.

„Guten Morgen, Kloppe", sprach Roger betont freundlich in das kleine Gerät.

„Von wegen guten", brummte Laubach. „Wo treibst du dich eigentlich herum?"

„Ich war nur im Bad, Kloppe."

„O.k. Hör gut zu. Ich hole dich in zehn Minuten ab. Das Schwein war in Regina Schröders Wohnung!"

Roger zuckte dermaßen zusammen, dass ihm fast das Telefon aus der Hand glitt. „Was sagst du da? In ihrer Wohnung? Und wie geht es ihr? Ich meine, ist sie okay?"

„Ja, das ist sie! Zum Glück war sie nicht zuhause. Sie glaubt Gott sei Dank nur, dass es ein Einbrecher war. Als sie in ihre Wohnung kam, hat sie die zerbrochene Fensterscheibe entdeckt. Es scheint jedoch nichts zu fehlen, jedenfalls hat sie nichts vermisst. Sigismund und ich sind sofort zu ihr raus gefahren und haben uns bei ihr umgesehen. Und wir haben tatsächlich etwas gefunden. Er hat eine Kette dagelassen."

„Nicht schon wieder Yin und Yang!"

„Selbstredend."

„Und wo ist Regina jetzt?"

„Na, im Präsidium. Sigismund redet noch mit ihr. Das heißt, er versucht es zumindest." Laubach seufzte. „Du hältst ihn auch nicht gerade für eine Leuchte, was?"

„Was für eine Frage, Kloppe!"

„Er weiß von dir und Regina."

„Da ist nichts!"

„Ach komm, tu doch nicht so. Könnte das zu einem Problem werden?"

„Meinst du von wegen Befangenheit, und so weiter ...?"

„Du hast es erraten."

„Sicher nicht. Ich bin schließlich kein Polizist, noch nicht einmal inoffiziell. Abgesehen davon finde ich sie nur total nett, das ist alles."

„Na gut. Auf alle Fälle stellen wir sie jetzt unter Polizeischutz.“

„Na, wenigstens etwas. Was glaubst du, warum hat er es diesmal nicht geschafft?“

„Ich versteh nicht, was du meinst?“

„Ich meine, einen Unfall zu arrangieren. Das ist eigentlich untypisch für ihn.“

Darüber dachte Laubach nach. „Keine Ahnung“, sagte er nach einer kurzen Pause.

Roger hakte sofort nach. „Und wieso hat er das Symbol hinterlassen?“

„Mensch, du und deine Fragen …! Dasselbe habe ich mich auch schon gefragt. Um ehrlich zu sein, habe ich auch schon an ein Ablenkungsmanöver gedacht. Aber es gibt derzeit kein anderes Opfer. Und es würde nicht zu der Drohung passen, die du bekommen hast.“

„Und?“

„Vielleicht hat er einfach keine Zeit mehr gehabt, um seine Tat zu vollenden?“

„Weil er gestört worden ist?“

„Wäre doch möglich.“

„Und wenn er gar nicht vorhatte, ihr etwas anzutun?“

„Was willst du mir denn damit sagen?“ Laubach wurde langsam ungeduldig.

„Nun, es wäre doch immerhin denkbar, dass er lediglich mir damit zeigen wollte, dass er seine Drohung ernst meint.“

„Da ist was dran, Roger.“

„Den Zettel zeige ich dir später. Ich rasiere mich nur noch schnell zu Ende, dann gehe ich runter und warte vor dem

Hotel auf dich. Hotel Europa in der Kutzbachstraße, findest du das?"

„Aber sicher! Bin gleich da Roger."

„Und, Kloppe …"

„Ja?"

„Ich brauche dringend einen Kaffee!"

Es dauerte doch fast eine halbe Stunde, bis er den alten Mercedes die Kutzbachstraße hinunter tuckern sah. Roger wedelte mit den Armen, und als Laubach ihn sah, hielt er am Straßenrand in der Nähe des Hotels Europa und ließ ihn einsteigen.

„Scheiße, ich hab mich zweimal verfahren", entschuldigte sich Laubach. „Ich war sogar schon auf der anderen Seite der Mosel."

„Dann musst du aber über die Römerbrücke gefahren sein, und die liegt genau in der anderen Richtung. Mit einem Navi wäre dir das nicht passiert."

„Navi? Du weißt doch, dass ich von dem neumodischen Zeugs nichts halte. Schwarzenegger hat sich neulich auch so ein Ding in seine Karre eingebaut. Danach wäre er beinahe gegen eine Mauer gefahren."

„Na ja … Schwarzenegger!"

Laubach setzte den Blinker und fuhr los. „Also, was wolltest du mir zeigen?", fragte er nach ein paar Metern.

„Na, das hier!"

Roger zog den Zettel mit der Drohung aus seiner Jackentasche, faltete ihn auseinander und hielt ihn Laubach hin. Der griff mit der rechten Hand danach, während seine linke das Lenkrad steuerte.

„Das ist der Zettel. Den hat mir jemand unter meine Zimmertür geschoben."

Laubach warf einen kurzen Blick darauf, soweit es der Verkehr erlaubte. „Der geht sofort in die Spurensicherung." Er reichte ihn Roger zurück. „Steck´ ihn bitte in mein Handschuhfach, in eine der Plastiktüten. Wenn wir Glück haben, finden wir darauf DNA-Spuren des Verfassers."

Wenige Minuten später steuerte er zum Straßenrand. „So, da wären wir. Hier wohnt Regina Schröder. Bist du schon einmal bei ihr in der Wohnung gewesen?"

„Ach, wo denkst du hin?"

„Na dann, gehen wir rauf!"

Laubach parkte den alten Mercedes auf dem Seitenstreifen und ging zum Eingang des Hauses mit der Nummer achtzehn. Roger folgte brav.

Reginas Wohnung befand sich im Erdgeschoss. In einem der beiden Fenster klaffte ein Loch. Es befand sich genau auf gleicher Höhe mit dem Dreh-Kipp-Hebel drinnen.

„Da ist er rein", sagte Laubach und zeigte auf das zersplitterte Glas. Roger verstand sofort. Durch das Loch in der Scheibe hatte der Kerl hineinlangen können, den Hebel umgelegt und so das Fenster geöffnet. Danach war er ungehindert in Reginas Wohnung eingestiegen.

„Mal sehen, was sich da drinnen tut", sagte Laubach, stieg die kleine Stufe im Treppenhaus empor und ging auf die rechts gelegene Wohnungstür zu. Roger war an seiner Seite. Nachdem Laubach mehrfach geschellt hatte, wurde ihm die Tür von einem Mann in einem weißen Overall geöffnet.

Drinnen ging es zu, wie in einem Taubenschlag. Mehrere

Techniker waren damit beschäftigt, Spuren zu sichern.

„Es gibt eine Menge Fingerabdrücke", sagte einer der Männer. „Die meisten stammen von der Mieterin selbst. Aber hier an einer Türkante hatten wir Glück. Wir konnten den halben Abdruck eines Daumens ausmachen. So, wie es aussieht, hat der Eindringling die Türklinke abgewischt, aber die Kante vergessen. Und dann haben wir noch ein leeres Blatt von einem Notizblock und ein Taschentuch gefunden. Beides lag zusammen auf dem Boden, unterhalb des Fensters. Vielleicht sind sie dem Kerl beim eiligen Verlassen der Wohnung aus der Tasche gerutscht. Dadurch haben wir jetzt vielleicht seine DNA, und eventuell finden wir auch da Fingerabdrücke. Und dann ist da noch die Kette. Im Präsidium sagte man mir, Sie wüssten darüber Bescheid, Herr Laubach?"

Laubach nickte bestätigend.

„Hat man den halben Abdruck schon mit der Datei abgeglichen?", fragte er.

„Ja, aber leider Fehlanzeige. Der Abdruck ist in keinem Register zu finden. Da müssten uns schon die Abdrücke der Bewohner von ganz Trier zu Verfügung stehen ..."

„Tun sie aber nicht", erwiderte Laubach.

„Und was ist mit den Abdrücken der Teilnehmer meines Spanischkurses?", fragte Roger. „Angeblich hat sich doch dieser Hohn von jemandem an der Volkshochschule bedroht gefühlt?"

„Ist keine schlechte Idee, Roger", meinte Laubach. „Einen Versuch wäre es zumindest wert. Wenn es mir gelänge, eine Genehmigung zu bekommen, dann könnten wir offiziell die Fingerabdrücke aller Kursteilnehmer überprüfen."

„Und? Worauf wartest du dann noch?"

Laubach nickte und ging nach draußen. Er musste jetzt ganz dringend telefonieren.

Es war Dienstag, und am Abend war der Unterricht in der Volkshochschule Trier wieder voll im Gange und Mendoza wieder ganz in seinem Element. Er stand vor seinem Pult, wedelte temperamentvoll mit den Armen und bereitete seine Studenten auf die erste Prüfung vor. Es schien ihn nicht zu stören, dass nicht alle Teilnehmer anwesend waren. Roger war etwas irritiert. Wo blieben Dieter, Axel und Melanie? Die waren doch sonst immer so fleißig dabei! Hingegen war zu seinem Erstaunen Regina gekommen. Ihre Augenringe zeigten deutlich, wie mitgenommen sie von dem Einbruch war, aber sie tat ganz so, als sei das völlig belanglos.

„Senor Mendoza?", fragte eine Dame aus der vorletzten Reihe. „Wird in der Prüfung auch etwas über Contabilidad drankommen?"

Mendozas Antwort kam ohne Zögern. „Davon können Sie ausgehen", sagte er.

Daraufhin meldete sich einer der jüngeren Männer zu Wort. „Würden Sie den Stoff vielleicht noch einmal wiederholen?", fragte er.

Jetzt reagierte Mendoza etwas ungehalten. „Waren Sie etwa nicht anwesend, als wir das Thema durchgenommen haben?"

„Doch, das schon, aber das ging mir ein wenig zu schnell. Außerdem gibt es einige Begriffe, die ich nicht richtig verstanden habe."

„Dann tut es mir furchtbar Leid für Sie", entgegnete Mendoza schroff. „Ich habe wirklich nicht die Zeit, um das Thema Contabilidad noch einmal durchzugehen. Außerdem sind wir hier nicht in einem Hausfrauenkurs. Sie müssen schon zusehen, dass Sie das Pensum schaffen. Hat sonst noch jemand eine Frage?"

Er zögerte einen Moment, aber es meldete sich keiner mehr.

„Nun gut", sagte er. „Wenn es keine weiteren Fragen mehr gibt, dann möchte ich Ihnen jetzt noch einen Herrn von der Polizei vorstellen."

Während die Kursteilnehmer erstaunt tuschelten, ging Mendoza zur Tür und bat Laubach herein.

Laubach trat an das Dozentenpult.

„Das ist Kriminalkommissar Kurt Laubach", erklärte Mendoza. „Er hat mich darum gebeten, kurz mit Ihnen sprechen zu dürfen. Ich verabschiede mich schon mal von Ihnen. Kommissar Laubach, wenn Sie übernehmen wollen …"

„Äh, vielen Dank, Herr Mendoza." Laubach sah sich die Kursteilnehmer der Reihe nach an und räusperte sich. „Meine Damen und Herren", sagte er. „Ich will es kurz machen, denn ich weiß, Sie möchten so schnell wie möglich in Ihre Stammkneipe."

Allgemeines Gelächter folgte.

Laubach fuhr fort: „Wir benötigen Ihre Mithilfe in einer komplizierten polizeilichen Ermittlung. Es dauert auch gar nicht lange und bedeutet nur, dass wir von jedem von Ihnen Fingerabdrücke nehmen werden. Genauer gesagt, Daumenabdrücke. Bitte halten Sie dazu meinem Kollegen am Ausgang einfach beim Hinausgehen Ihre Daumen hin. Das ist auch schon alles. Ich bedanke mich für Ihre Unterstützung."

Sascha Rieger meldete sich zu Wort. „Dazu habe ich vorher noch eine Frage, Herr Kommissar. Werden die Fingerabdrücke irgendwo gespeichert oder archiviert?"

Laubach drehte sich zu dem Fragesteller um. „Da kann ich Sie beruhigen, mein Herr. Die Fingerabdrücke werden in keinem Register gespeichert, sondern vernichtet, wenn die Ermittlungen abgeschlossen sind. Und dafür brauchen Sie nicht einmal zu mir aufs Präsidium zu kommen."

Wieder Gelächter.

„Einzelheiten zu den Ermittlungen kann und darf ich Ihnen natürlich nicht mitteilen. Ich bitte um Ihr Verständnis."

Roger hatte Laubach selten so galant reden hören. Er konnte es also doch, wenn er wollte. Roger reckte seinen Kopf nach hinten. Aha, da stand Sigismund im Türrahmen. An dessen breiten Schultern würde niemand vorbeikommen, und die Sonnenbrille, die er selbst im Inneren des Gebäudes nicht abgenommen hatte, ließ ihn an eine Bulldogge erinnern. Doch heute machte er anscheinend auf brav. Er nahm jeder Person beim Verlassen des Saales einen Daumenabdruck ab, hielt ihnen anschließend ein Kleenex hin, um die Farbe wieder abzuwischen, grinste freundlich und bedankte sich. Auch Roger musste beim Hinausgehen die Daumen hinhalten. Bei ihm bedankte sich Sigismund nicht, sondern zog eine lächerliche Grimasse. Roger ging nach draußen.

Zu seinem großen Erstaunen traf er auf dem Domhof auf Dieter, Melanie und Axel. Sie standen bei ihren Freunden und rauchten.

„Na, heute keine Lust auf Spanisch gehabt?", begrüßte er die beiden.

„Hallo, Roger", grüßte Melanie ihn zurück. „Nicht wirklich! Wir hatten etwas Besseres zu tun und haben uns mal eine Pause gegönnt."

„Schade, da habt ihr echt was verpasst", sagte Roger. „Heute war die Polizei im Saal und hat von uns allen einen Fingerabdruck genommen. Das hättet ihr mal sehen sollen."

„Wirklich wahr? Das ist ja krass", erwiderte Melanie. „Zuerst der Einbruch bei dir, Regina, und dann … Übrigens, wie war es denn auf dem Polizeipräsidium?"

„Ach, ich würde sagen, ganz normal", antwortete Regina. „Die haben mir eine Menge Fragen gestellt, und dann musste ich noch einen Haufen Papierkram unterschreiben. Sie haben mir Polizeischutz angeboten, stellt euch das mal vor. Aber das wollte ich nicht. Mehr war nicht. Und trotzdem, der Gedanke, dass irgendein fremder Kerl meine Wohnung betreten hat, gefällt mir ganz und gar nicht. Zum Glück hat er nichts mitgenommen."

Ganz im Gegenteil. Er hat sogar noch etwas da gelassen, dachte Roger.

„Also, wenn du möchtest, kannst du gern bei mir übernachten", bot ihr Melanie an. „Wenigstens für ein paar Tage, bis sich die Aufregung etwas gelegt hat."

„Danke, das ist sehr lieb von dir, aber es wird schon gehen. Und jetzt wollen wir lieber von etwas Erfreulichem sprechen."

„Okay, wie wär`s denn von der Comedy-show im Cubiculum?", schlug Axel vor. „Die läuft am morgigen Abend. Soll ein wenig pikant sein. Kommt ihr mit?"

„Also ich hätte Zeit", sagte Dieter.

„Ich auch", meinte Roger.

„Und du, Regina?"

„Tut mir leid, aber ich glaube, ich kann nicht. Ich möchte noch ein wenig für die Prüfung lernen."

„Dafür hast du doch den ganzen Tag Zeit!", entgegnete Melanie.

„Dem ist leider nicht so. Bis um zwei arbeite ich im Maklerbüro, und außerdem, je früher ich mit dem Lernen anfange, desto besser ist es für mich. Buchführung ist nicht gerade meine starke Seite und dazu noch auf Spanisch ..."

„Ach komm schon, sei keine Spielverderberin!"

„Es ist nur, weil Sascha Rieger angeboten hat, mir zu helfen."

„Oho ...", Melanie zog eine Ich-Weiß-Alles-Schnute. „Was du nicht sagst. Der schöne Sascha will dir helfen. Der gehört doch gar nicht zu unserer Gruppe?"

„Na und? Das ist doch wohl ganz egal. Hauptsache, er versteht etwas von Buchführung."

„Also, wenn du mich fragst, er kommt mir manchmal reichlich arrogant vor."

„Ach was, ich glaube, eigentlich ist er ganz nett."

„Du, wir haben ihn zwei- oder dreimal gefragt, ob er mit ins Cubiculum gehen wollte, er hat aber stets abgelehnt."

„Vielleicht mag er die Kellerkneipe nicht?"

„Ach was, der ist ein komischer Eigenbrötler! Lass dich bloß nicht von ihm einwickeln, Regina! Und wer weiß, was er wirklich von dir will."

„Hör schon auf, Melanie. Ich brauche diese Nachhilfe! Kapiere diese verdammte Buchführung einfach nicht! Völliger Blackout, verstehst du?"

„Na, du musst es ja wissen. Kannst ja später noch nachkommen, wenn dir danach ist. Von mir aus auch mit deinem Sascha."

„Er ist nicht mein Sascha und ich schau mal. Vielleicht komme ich wirklich später noch ins Cubiculum."

„Das wäre schön, Regina."

Rogers Handy klingelte. Er zog es aus seiner Jackentasche. „Ja?", fragte er.

„Laubach hier. Ich bin noch auf dem Präsidium."

„Moment mal, Kloppe …" Er trat etwas zur Seite, damit die anderen seine Worte nicht verstehen konnten. „Wie ist denn die Aktion gelaufen?"

„Voll daneben, Roger. Vergiss es einfach. Aber den Versuch war es wert."

„Rainer, Dieter und Melanie waren nicht im Unterricht."

„Ich weiß, und das waren beileibe nicht die einzigen. Es haben noch zwei weitere Teilnehmer gefehlt. Das Ganze kannst du absolut knicken, aber es muss ja nicht notwendigerweise jemand aus eurem Kurs gewesen sein. An der Volkshochschule gibt es schließlich mehrere Kurse."

„Eine ganze Menge sogar. Aber was bedeutet das jetzt für uns? Schon wieder zurück auf Los?"

„Mach dir darüber keinen Kopf, Roger. Es war nur ein Versuch, mehr nicht. Trotz alledem werde ich die Kursteilnehmer, die gefehlt haben, über die VHS anschreiben lassen. Vielleicht bringt das ja noch etwas. Im gegenteiligen Fall können wir zumindest die Kursteilnehmer ausschließen. Wollte dir nur kurz Bescheid geben. Mach dir einen schönen Abend."

„Heute läuft nichts mehr, Kloppe. Aber morgen gehen wir ins Cubiculum. Das ist so eine urige Kellerkneipe. Die anderen gehen auch hin. Nur Regina nicht. Die will noch für die Prüfung lernen. Einer aus dem Kurs hat sich angeboten, ihr dabei zu helfen. Aber vielleicht kommt sie später noch nach."

„Kennst du den Typ?"

„Kaum. Er heißt Sascha Rieger, gehört aber nicht zu unserer Gruppe. Soviel ich weiß, gehört er zu überhaupt keiner Gruppe. Der kommt und geht meistens allein."

„Du meinst Typ Eigenbrötler?"

„Sieht so aus, Kloppe. Vielleicht solltest du ihn mal genauer unter die Lupe nehmen?"

„Geht klar, mach ich, Roger, aber ansonsten möchte ich dich bitten, keine Alleingänge zu unternehmen, hast du verstanden! Und die Regina, die behalten wir im Auge, die lasse ich unauffällig überwachen."

„Prima, Kloppe!"

Vierundzwanzigstes Kapitel

19.Juni 2013
20.00 Uhr

Das Cubiculum war bereits gut gefüllt. Wie immer nahmen die Gäste die wöchentlich angebotenen Veranstaltungen dankend an. Auf der kleinen Bühne standen ein Stuhl, eine Gitarre, ein Putzeimer mit einem Wischmopp und diverse weitere Utensilien, die der Komiker für seine Show benötigte. Dann wurde die Beleuchtung des Lokals dunkler und das erwartungsvolle Stimmengewirr leiser. Eine Frau betrat die Bühne. Ihr Alter war schwerlich einzuschätzen. Sie trug ein Kleid im Westernstil der zwanziger Jahre und erinnerte stark an eine Bardame aus alten Wildwestfilmen. Auf ihrem Kopf saß ein breiter Hut, der verdächtig dem Wischmopp ähnelte, den sie sich geschnappt hatte und mit dem sie jetzt anfing, über den Boden zu wischen. Roger runzelte die Stirn. Was sollte das jetzt für eine Show werden? Aber dann setzte Musik ein, im Takt des Wischmops. Die Frau bewegte sich plötzlich sehr sinnlich und begann, sich langsam zu entkleiden. Die Zuschauer johlten. So etwas hatten sie nicht erwartet. Und was sie dann präsentierte war erste Sahne. Ihr Körper, der sich wirklich sehen lassen konnte, steckte zuletzt nur noch in einem hauchdünnen Negligee. Das vorher hässliche Entlein hatte sich in einen bildhübschen Schwan verwandelt. Ein paar Geldscheine flogen auf die Bühne und verabschiedeten die Tänzerin unter tosendem Applaus der Zuschauer.

Roger, Axel und Melanie saßen an einem Tisch. Dieter war noch nicht aufgetaucht. Axel blickte Melanie tief in die Augen, während er ihr Feuer gab. Roger konnte fast spüren, wie es zwischen ihnen knisterte. Sie zog genussvoll an ihrer Zigarette. Roger bestellte sich gerade ein frisches Bier, als Dieter sich endlich durch die Sitzgruppen schob. „Tut mir leid", sagte er. „Ich bin noch aufgehalten worden. Ist aber nett von euch, dass ihr mir noch einen Stuhl freigehalten habt. Habe ich etwas verpasst?"

Axel grinste und rückte ihm mit dem Fuß den Stuhl zurecht. „Oh, hallo, Dieter. Ich hab dich gar nicht hereinkommen sehen. Setzt dich doch. Du hast allerdings etwas verpasst. Die erste Showeinlage hatte es bereits in sich."

Er wollte das Feuerzeug in seine Tasche stecken, griff aber allem Anschein nach daneben, und das Feuerzeug glitt auf den Boden. Da lag bereits ein kleiner Notizblock. Quadratisch mit karierten Blättern. Er hob beides auf, steckte das Feuerzeug ein und legte den Notizblock neben sich auf den Tisch. „Gehört das vielleicht jemandem von euch?", fragte er.

„Mir nicht", antworte Melanie und fügte im gleichen Atemzug hinzu, während sie aufstand: „Ich geh noch schnell auf die Toilette, bevor der nächste Teil der Show beginnt."

Roger saß wie gelähmt auf seinem Stuhl. Sein Gedanken kreisten wie wild um den Zettel. Axel hatte sich hinüber zu

Dieter gebeugt und flüsterte ihm etwas ins Ohr. Gebannt starrte Roger auf den Notizblock. *Verdammt, dachte er, der Notizblock, der Zettel mit der Drohung, das ist derselbe Zettel, das bedeutet ... Regina ist in Gefahr!*

Ohne Vorwarnung sprang er auf und rannte wie von einer Tarantel gebissen nach draußen. Axel und Dieter sahen sich erschrocken an.

„Was ist denn mit dem los?"

Draußen vor dem Lokal klappte Roger sein Handy auf und drückte die Taste mit der Nummer von Laubach, die er in der Zwischenzeit längst gespeichert hatte. Abwechslungshalber bekam er seinen Freund tatsächlich beim ersten Versuch ans Telefon.

„Ja, Roger, was gibt es?"

Laubachs Stimme schwankte ein wenig. Es hörte sich an, als hätte er getrunken.

„Schnell, Kloppe, ich brauche dringend die Adresse von Sascha Rieger. Regina ist in Gefahr."

Laubach klang schlagartig stocknüchtern. „Was sagst du da, Roger? Und da hat ausgerechnet heute der hiesige Polizeichef die Überwachung von Regina eingestellt, weil er sie für übertrieben hielt! Einen Moment, du kriegst die Adresse, ich rufe sofort im Präsidium an. Da hat immer jemand Nachtdienst."

Keine zwei Minuten später hatte er die Adresse. ‚Brotstraße 15', brüllte er in den kleinen Apparat. „Bist du noch im Stadtzentrum?"

„Ja", antwortete Roger, „bin ich, und ich weiß auch, wo das ist. Ich mache mich sofort auf den Weg!"

„Ich auch!", hörte er Laubach noch sagen, bevor die Verbindung abbrach. Dann spurtete Roger los.

Die Brotstraße befand sich nicht weit vom Cubiculum entfernt. Mit langen Schritten lief er die Hosenstraße entlang bis zur Kreuzung, dann rechts und nochmals rechts. Er blickte suchend um sich und fand das Haus mit der Nummer 15. Es lag ein wenig von der Hauptstraße versetzt nach hinten. Roger rannte zum Eingang und blickte auf die Klingel. Sascha Rieger bewohnte das oberste Stockwerk. Roger versuchte, die Haustür zu öffnen. Sie war verschlossen. Er warf sich dagegen. Nichts geschah, nur seine Schulter schmerzte mörderisch. Offenbar sprangen Haustüren mit der Methode nur in Filmen sofort auf. Auf der rechten Seite im Erdgeschoss saß eine Frau an einem Tisch am Fenster. Er lief darauf zu, klopfte und gestikulierte. Die Frau schrak hoch, kam ans Fenster und schob die Gardine beiseite, öffnete aber das Fenster nur auf Kipp. „Was soll der Krach?", schimpfte sie. „Wissen Sie überhaupt, wie spät es ist? Verschwinden Sie, sofort, oder ich rufe die Polizei!"

„Bitte machen Sie mir die Tür auf", rief Roger aufgeregt. „Ich muss unbedingt sofort ins Haus!" Die Frau musterte ihn misstrauisch. „Wie komm ich denn dazu? Ich kenne Sie doch gar nicht!"

Roger wollte etwas erwidern, als ein lautes Motorengeräusch ertönte, das schnell näher kam. Kurz darauf hielt Laubachs alter Mercedes vor dem Haus.

„Nun öffnen Sie doch die Tür, gnädige Frau", drängte Roger. „Die Polizei ist ja bereits da. Wir müssen dringend hinauf in die Wohnung von Sascha Rieger."

Sie schien immer noch nicht überzeugt zu sein und beäugte argwöhnisch den Mann in dem zerknitterten Trenchcoat, der sich eilig ihrem Fenster näherte.

„Nun machen Sie schon auf", brummte Laubach und zeigte verärgert seine Marke. Die Frau schloss das Fenster und ging hinaus auf den Flur. Wertvolle Sekunden vergingen. Kaum hatte sie die Tür geöffnet, rannten Laubach und Roger Peters die Treppe hinauf, als sei der Teufel hinter ihnen her. Die Dame schüttelte den Kopf. „Da heißt es doch immer im Fernsehen man soll vorsichtig sein und keine Fremden ins Haus lassen …"

Die Tür zu der Wohnung im Obergeschoss war nur angelegt. Ein Problem weniger, aber dafür höchst verdächtig. Laubach schob Roger zur Seite, der als erster eintreten wollte.

„Die Polizei hat in Gefahrensituationen absoluten Vorrang vor einem Zivilisten", sagte er. Dann ging er hinein. Fast automatisch berührte er mit der Hand seine Dienstwaffe. Es sah so aus, als wolle er sich vergewissern, ob sie noch da war.

Aber er brauchte sie nicht mehr. Als sie die Tür zum Badezimmer öffneten, sahen sie Sascha Rieger in der Badewanne liegen. Sein rechter Arm hing leblos über den Rand. An der Innenseite klafften ein paar tiefe Schnittwunden. Blut tropfte auf den Fußboden.

„Scheiße, zu spät", rief Roger mit zitternder Stimme. Laubach ging auf den Toten zu und berührte dessen Arm.

„Er ist noch warm, Roger. Verdammt, verdammt, verdammt! Das Schwein kann noch nicht allzu lange weg sein! Er muss die Wohnung verlassen haben, kurz bevor wir gekommen sind."

„Aber wo ist Regina?"

„Keine Ahnung. Hier ist sie jedenfalls nicht."

Laubach schnappte sich sein Handy, drückte eilig eine Nummer. „Ich ruf den Schwarzenegger an", sagte er zu Roger. „Der steht vermutlich schon vor Reginas Haus. Ich hab ihn vorsorglich bei deinem Anruf dorthin beordert. Vielleicht hat er sie gesehen."

Roger strich sich nachdenklich über seine Bartstoppeln.

„Ja, vielleicht", sagte er.

Fünfundzwanzigstes Kapitel

21.30 Uhr

Rainer Sigismund stand vor dem Haus, in dem Regina wohnte, und schaute zu, wie eine alte Frau auf die Heckscheibe eines Kombis starrte. Irritiert bemerkte er, dass sie lächelte. *Hat wahrscheinlich jemanden in der Karre erkannt,* dachte er, bis ihm auffiel, dass die Seitenscheiben verspiegelt waren. Sie konnte gar nicht in das Innere des Fahrzeugs schauen, sondern betrachte ihr eigenes Spiegelbild.

Sein Handy klingelte. In der nächtlichen Stille klang es so laut, dass er beinahe erschrocken zur Seite gesprungen wäre. Wie immer hatte er die Lautstärke auf die höchste Stufe gestellt.

„Laubach hier", hörte er die Stimme seines Vorgesetzten. „Ich bin gerade in der Brotstraße. Haben Sie Regina Schröder gesehen?"

„Ist wohl eben nach Hause gekommen, Chef. Im ersten Stock brennt Licht."

„Gott sei Dank. Ich hatte schon befürchtet ..."

„Worum geht es denn, Chef?"

„Um nichts Besonderes eigentlich. Wir haben nur einen weiteren Toten", antwortete Laubach ironisch. „Also bleiben

Sie vor Ort und gewährleisten Sie, dass Regina Schröder sicher ist!"

„Noch ein Mord?", fragte Sigismund aufgeregt. „Wer denn und wo?"

„Ein Bekannter von Frau Schröder, und er ist gerade eben ermordet worden, wie es scheint. Da Frau Schröder kurz zuvor noch bei ihm war, könnte auch sie jetzt in akuter Gefahr schweben. Wir müssen sichergehen und sie unbedingt beschützen. Ich verlass mich auf Sie! Sehen Sie zu, dass Sie die Augen offen halten."

„Geht klar, Jefe!", warf Sigismund sich in die Brust.

Sascha Rieger war nicht mehr zu retten gewesen. Die herbeigerufenen Sanitäter hatten ihn noch ins Krankenhaus gebracht, aber sämtliche Versuche, dem leblosen Körper auf dem Weg dorthin neues Leben einzuhauchen, waren vergebens gewesen.

Da hatten die Techniker schon eher ein Erfolgserlebnis vorzuweisen. Zum einen hatten sie einen Abschiedsbrief gefunden, zum anderen stimmten Saschas Daumenabdrücke mit dem überein, den sie in Reginas Wohnung gefunden hatten. Alles deutete jetzt darauf hin, dass er der gesuchte Täter war. Im Abschiedsbrief stand:

„Seine eigenen Gefühle kann man nur sehr schwer kontrollieren. Ich wollte dies alles nicht, aber die Beziehung zu Rainer hatte mein Leben verändert. Doch das will niemand verstehen. Ich kann nicht mehr mit dem Druck leben. Deshalb mache ich Schluss. Bitte verzeiht mir. Sascha."

„Der war also auch vom anderen Ufer, der Herr Rieger",

meinte Sigismund, den Laubach endlich in alles eingeweiht hatte, bei einer kleinen internen Fallbesprechung mit Laubach und Roger Peters. „Scheint sich hier um so etwas wie ein Eifersuchtsdrama zu handeln."

„Und deshalb bringt er gleich so viele Menschen um?", argumentierte Roger Peters dagegen.

„Kurzschlusspanik, würde ich sagen", warf Sigismund ein.

„Warte mal!", entgegnete Laubach. „Das passt aber nicht wirklich zu einem eiskalten Narzissten. Irgend etwas an der Sache stört mich, für ein bloßes Eifersuchtsdrama haben die ganzen Morde viel zu früh angefangen. Übrigens, warum haben wir eigentlich von dem vorher noch keinen Fingerabdruck genommen?"

„Bei der Fingerabdruck-Aktion in der Volkshochschule war er nicht anwesend. Zumindest nicht zu dem Zeitpunkt, als wir alle rausgegangen sind und Herr Sigismund die Fingerabdrücke von jedem Einzelnen genommen hat. Er muss aber vorher in der Schule gewesen sein und mit Regina gesprochen haben. Immerhin hatten sich die beiden verabredet, um Buchführung zu pauken. Schon komisch."

„Das kann er doch auch telefonisch klar gemacht habe", meinte Laubach.

„Sicher, aber trotzdem passt da etwas nicht zusammen. Ich meine, er büffelt noch mit ihr Buchführung und nimmt sich dann das Leben?"

„Es muss wohl so gewesen sein. Jedenfalls besteht kein Zweifel daran, dass er es war. Denk nur mal an den Abdruck, den meine Techniker in Reginas Wohnung gefunden haben."

„Schön und gut", spann Roger den Faden weiter. „Er ist

bei ihr gewesen, na und? Das besagt doch noch gar nichts. Jedenfalls sagt das noch lange nichts darüber aus, dass er auch etwas mit den Morden zu tun gehabt hat. Zumindest war er nicht auf dieser Abschlussfeier, als dort der Unfall passierte."

„Natürlich kann er dort gewesen sein. Schließlich hat er ebenfalls die Kurse an der Volkshochschule besucht. Eine extra Einladung brauchte er daher nicht. Aber wir müssen noch das Ergebnis der DNA-Analyse abwarten. Dann gebe ich die Informationen an die Presse weiter."

„Du meinst also wirklich, der Fall sei erledigt, Kloppe?"

„Der Fall ist erledigt, Roger, zumindest deutet derzeit alles darauf hin. Sascha Rieger ist der Mörder!"

„Aber wir wissen immer noch nicht, warum er die anderen Morde begangen hat", mischte sich Sigismund erneut in die Konversation ein. Laubach und Peters sahen ihn erstaunt an. Solch einen Gedankenblitz hätten sie ihm gar nicht zugetraut.

„Na ja, dazu hätte ich vielleicht sogar eine Idee", sagte Roger. „Sascha Rieger war ein Einzelgänger, ein Narzisst, der sich für etwas Besseres hielt. Reginas Freundin Melanie hat ihn als arrogant und hochnäsig bezeichnet. Mit dem gemeinen Fußvolk wollte er nicht viel zu tun haben. Deshalb hat er auch jede Einladung von Dieter Braun und dessen Freunden abgelehnt. Ich weiß, dass er niemals mit ihnen ins Cubiculum gegangen ist."

„Vielleicht mochte er bloß keine Kellerkneipen, was, Chef?", witzelte Sigismund.

„Oder vielleicht wollte er auch einfach nur die Welt von allen Dummköpfen befreien", entgegnete Roger.

„Das glauben Sie doch selber nicht", sagte Sigismund. „Das soll ein Grund für die Morde in Serie gewesen sein?"

„Ich bleibe dabei. Es wäre doch immerhin möglich, dass er dachte, er täte der Gesellschaft einen Gefallen, wenn er die Dummen und die Schwachen ausradiert."

„Möglich wär`s", sagte Laubach. „Das werden die Ermittlungen sicher noch klären. Die Auswertung der DNA-Analyse wird endgültige Klarheit schaffen. Aber eins steht fest. Die Verrückten finden immer eine Rechtfertigung für ihre Taten. Ich würde sagen, wir lassen es für heute dabei. Übrigens Roger, da ist noch eine Dame, die auf dich wartet … Eine Sammlerin von niedlichen Puppen und Stofftierchen."

Sigismund grinste Laubach an. „Ha, ha, ha, Chef. Die Dinger habe ich auch gesehen. Stehen überall in ihrer Wohnung herum. Vielleicht stehen wir ja am Anfang einer herzergreifenden Romanze? Da wär´ ich nur gespannt, was eine gewisse Edith dazu sagt …"

Sechsundzwanzigstes Kapitel

20.Juni 2013
9.30 Uhr

Die Nachrichten brachten die Sache groß raus. Roger hörte sie, als er gerade unter der Dusche stand. Insgeheim wunderte er sich darüber, dass das Ergebnis der DNA-Analyse bereits vorlag. Nass wie er war, ging er in sein Zimmer und drehte das Radio lauter.

„Polizei löst brutale Mordserie", verkündete der Nachrichtensprecher. „Wie wir aus sicherer Quelle erfahren haben, ist die verdächtige Person, die die Morde begangen haben soll, tot in einer Wohnung in Trier aufgefunden worden. Die unheimliche Mordserie, die sich von der Eifel bis nach Trier erstreckte, hatte die Bewohner monatelang in Angst und Schrecken versetzt. Jetzt können die Menschen in unserem Sendegebiet endlich wieder aufatmen."

Roger zuckte mit den Achseln und ging zurück ins Bad. Er fühlte sich seltsam befreit. Damit war dann wohl auch sein Aufenthalt in Trier zu Ende. Er zog sich an und ging nach draußen. Bis zur nächsten Bäckerei war es nicht weit. Er kaufte frische Brötchen und Croissants und machte sich damit auf den Weg zu Regina. Irgendwie hatte er das Gefühl, dass er bei ihr noch etwas gut zu machen hatte.

Regina war hocherfreut, ihn zu sehen. „Roger, das ist aber nett von dir, dass du bei mir vorbeischaust!", sagte sie. Dann sah sie die Papiertüte vom Bäcker. „Au fein! Und frische Brötchen hast du auch gleich mitgebracht. Warte, ich setze schnell Kaffee auf."

Sie ging in die Küche und bat Roger, im Wohnzimmer Platz zu nehmen. Durch die offene Zimmertür, hörte er, wie sie eine Melodie anstimmte. Auf einmal überkam ihn ein Gefühl von Traurigkeit. *Eigentlich schade, dass ich jetzt keinen Grund mehr habe, sie wiederzusehen,* dachte er. Kurz darauf stand Regina wieder vor ihm. In den Händen hielt sie ein Tablett mit Kaffeetassen, einem Milchkännchen, einer Thermoskanne, sowie Wurst, Käse und Marmelade.

„Fehlt noch was?" fragte sie.

„Eier und die Tageszeitung", scherzte er. „Aber wenn du noch ein wenig Zucker für mich hättest?"

„Richtigen Zucker oder Süßstoff?"

„Egal, Hauptsache es ist süß", erwiderte er.

Sie lachte, und er stellte fest, wie sehr er ihr Lachen mochte.

„Gut, dass du gekommen bist", sagte sie. „Ich wollte dich schon anrufen. Heute Abend gebe ich eine kleine Feier."

„Hast du Geburtstag?", fragte Roger.

„Nein, nein. Es ist auch gar nichts Besonderes, nur ein Sit in. Mir war halt danach. Jetzt, wo sie den Mörder gefasst haben …"

„Du hast also auch schon davon gehört?"

„Ja sicher, sie berichten die ganze Zeit im Radio darüber.

Sascha Rieger ein Serienmörder, ich kann es einfach nicht glauben. Wenn ich mir vorstelle, dass ich mit dem Kerl allein war, wird mir jetzt noch ganz schlecht. Wie leicht hätte er auch mir etwas antun können."

„Zum Glück hat er das nicht getan, auch wenn er bei dir in der Wohnung gewesen ist."

Regina sah ihn seltsam an. Ihr Gesicht war ein einziges Fragezeichen. Sie ging jedoch nicht näher darauf ein und sagte nur: „Eigentlich wollten wir ja für die Prüfung lernen, aber dann haben wir die ganze Zeit über nur geredet."

Roger spitzte die Ohren.

„Und hattest du das Gefühl ... na ja ... das irgendetwas mit ihm nicht stimmte?"

„Eigentlich nicht. Ich habe bereits darüber nachgedacht, aber ich denke, er war so wie immer. Ein bisschen traurig vielleicht, aber das war auch schon alles. Für mich sah das so aus, als hätte er einfach mal jemanden zum Reden gebraucht. Obwohl, viel geholfen hat es ihm ja wohl auch nicht. Schreckliche Geschichte. Einfach so aus dem Leben zu treten. – Und spanische Buchführung verstehe ich immer noch nicht."

Sie zog einen Schmollmund, als ob die Buchführung das Wichtigste gewesen wäre. Sie bemerkte seinen fragenden Blick. „Nee, aber im Ernst. Ich bekomme den Mist einfach nicht in meinen Kopf rein."

„Also irgendwie liegt mir die Buchführung ganz gut", sagte Roger. „Wenn du willst, kann ich dir ein wenig helfen. Ich kann noch gut einen Tag dranhängen, bevor ich zurück in die Eifel fahre."

Regina sah ihn überrascht an. „Zurück in die Eifel?", fragte sie. „Ich dachte, du wohnst hier in der Stadt?"

Roger fühlte sich ertappt. „Nein", erwiderte er. „Ich habe bei den polizeilichen Ermittlungen geholfen. Ich bin wegen der Mordfälle hier gewesen."

Reginas Blick wechselte von überrascht zu empört. „Was, du bist Polizist? Das ist doch wohl ein Scherz, oder?"

„Ich bin kein Polizist, nur ein einfacher Schriftsteller, der um verdeckte Beihilfe gebeten wurde. Kommissar Laubach ist ein alter Schulfreund von mir."

Sie starrte ihn an. „Dann hast du uns die ganze Zeit nur Theater vorgespielt?"

Er zögerte. Dann sagte er leise: „Hm … tja, ich glaube ich werde wohl heute Abend besser nicht auf deine Feier kommen."

„Ja, das ist wohl besser so." Reginas Stimme klang merkwürdig.

Roger stand abrupt auf. Die Stimmung war völlig im Eimer. Wieder einmal hatte er es verbockt. Croissants und Brötchen lagen unberührt auf dem Tablett. Keiner von den beiden verspürte noch große Lust, etwas zu essen.

„Ich geh dann mal", sagte Roger verlegen. „Mach es gut, auf Wiedersehen."

Sie begleitete ihn auf den Flur hinaus. Auf der Treppe drehte Roger sich noch einmal zu ihr um. Reginas Augen waren feucht. Er spürte den Kloß in seinem Hals.

„Also, wenn du magst, dann kannst du heute Abend natürlich trotzdem kommen", sagte sie zu seinem Erstaunen leise.

Er zögerte einen Moment, nickte dann.

„Wenn du meinst", sagte er. „Ich komme gerne. Also dann ..."

Siebenundzwanzigstes Kapitel

20. Juni 2013
18.00 Uhr

Roger hatte den ganzen Tag überlegt, ob es richtig war, zu Reginas kleiner Feier zu gehen. Er hatte Für und Wider gegeneinander abgewägt, mit Laubach telefoniert und erfahren, dass der ebenfalls noch einen Tag in Trier bleiben würde. Dies hatte ihn letztendlich irgendwie in seinem Entschluss gestärkt.

Er hatte Edith angerufen und ihr gesagt, dass die Aktion vorbei war und dass er am nächsten Tag nach Köttelbach zurückkehren würde. Sie war leicht unterkühlt gewesen und hatte sich mehr für ihren Corsa interessiert als für ihn.

„Ich habe das ewige Rumgeeiere in deinem tiefen Sportwagen satt", hatte sie ihm erklärt, bevor sie auflegte

Das konnte heiter werden. Er würde bestimmt ein paar Tage benötigen, um sie wieder aufzumuntern. Zugegeben, in den letzten Tagen war sie eindeutig etwas zu kurz gekommen, aber trotzdem … Frauen waren manchmal echt schwierig.

Danach war er in die Trierer Innenstadt gegangen und hatte in einem gutbürgerlichen Restaurant Sauerbraten mit

Rotkohl und Kartoffelklößen gegessen. Ihm war einfach danach zumute gewesen. Beim Verdauungskaffee hatte er schnell den Trierer Volksfreund überflogen. Das Blatt war voll mit Nachrichten über die Ereignisse der vergangenen Tage. Demnach musste Laubach mächtig was rausgelassen haben. *Schließlich hat er auch lange genug gelitten,* dachte Roger. Später hatte er bei Kaisers eine Flasche Baileys gekauft, war zurück in sein Hotel gegangen, hatte die Rechnung bezahlt und seine Klamotten zusammengepackt. Wilfried war wenig begeistert gewesen, als er hörte, dass Roger ein zweites Mal früher als geplant abreisen wollte, aber so war es nun mal. Pünktlich um sieben machte Roger sich dann auf den Weg zu Reginas Wohnung. Er war der letzte, der dort eintraf. Die anderen aus seiner Kursgruppe waren schon alle da. Er hörte sie im Hintergrund reden, als Regina ihm die Tür öffnete. Aber als er dann ins Wohnzimmer kam, verstummten ihre Stimmen wie von Zauberhand. Roger gab Regina die Flasche Baileys und setzte sich in einen freien Sessel. Alle vier starrten ihn an. Und dann ging es auch schon los.

„Also, ich habe mir von Anfang an gedacht, dass du Polizist bist", sagte Dieter zu ihm.

„Das glaube ich jetzt nicht", antwortete Roger.

„Aber sicher. Du hast dich so auffällig unauffällig verhalten."

„Aber ich bin kein Polizist!"...

„Nicht? Dann eben so etwas Ähnliches."

„Auch nicht!"

„Also schön, dann eben ein Helfer der Ordnungshüter.

Kennst du schon den? Früher hieß es immer, die Polizei, dein Freund und Helfer. Heute heißt es: Hier ist die Polizei ... ich werde dir helfen, Freundchen!"

Alle lachten. Dann fragte Axel: „Aber du wohnst doch hier in Trier, Roger?"

„Nein, ich hab die ganze Zeit über in so einem schäbigen Hotel gehockt. In Wirklichkeit wohne ich in der Eifel."

„Dann bist du auch nicht zu mir ins Maklerbüro gekommen, weil du eine neue Wohnung gesucht hast?", fragte Regina.

„Nein, äh ... ich wollte ..."

„Oh, ist schon gut. Wir waren natürlich alle verdächtig."

„Ach was ..."

Axel versuchte, das Thema zu wechseln. „Kommt jetzt, Leute", sagte er. „Schluss damit. Lasst uns lieber etwas trinken. Wollen wir nachher noch ins Cubiculum gehen?"

„Mal sehen. Vielleicht später noch", meinte Melanie.

„Gut, dann ich gehe mal in die Küche, Schnittchen machen", sagte Regina.

„Warte, ich helfe dir." Dieter erhob sich und griff ihren Arm.

„Und ich komme mit, hol noch Bier aus dem Kühlschrank", meinte Axel, stand ebenfalls auf und verschwand. Auf einmal saßen Melanie und Roger allein im Wohnzimmer.

„Axel schätzt dich sehr, Roger, weißt du das? Ich im Übrigen auch! Wir haben uns sogar schon überlegt, ob wir dich nicht in der Eifel besuchen kommen", sagte sie. Roger hatte den Eindruck, dass sie auf etwas Bestimmtes hinauswollte.

„Super, darüber würde ich mich riesig freuen", antwortete er.

„Dann könnten wir dich ja auch zu viert besuchen?", hakte sie nach.

„Sicher, warum denn nicht."

„Oder ist da jemand? Ich meine, lebst du mit jemandem zusammen?"

Jetzt wusste Roger wie der Hase lief. „Ja, ich wohne mit jemandem zusammen", sagte er wahrheitsgemäß. „Aber das spielt überhaupt keine Rolle. Ihr seid herzlich willkommen!"

„Ich verstehe. Und was ist mit Regina?"

„Was soll mit ihr sein?"

„Ich finde, du kannst ruhig zugeben, dass du sie magst. Du hast sie nicht in dem Maklerbüro besucht, um zu ermitteln, sondern weil du sie treffen wolltest. Ich merk´ doch, wie du sie andauernd anschaust."

„Ach was, das hast du missverstanden."

„Frauen haben für so etwas einen siebten Sinn, mein Lieber", sagte sie.

Axel kam aus der Küche, brachte neues Bier und stellte die Flaschen auf den Tisch. „Bekommst du jetzt eine Belohnung oder eine Auszeichnung?", fragte er.

„Auf keinen Fall. Ich habe einfach nur ausgeholfen und jemandem einen freundschaftlichen Dienst erwiesen. Lassen wir`s dabei", erwiderte Roger.

„Wahnsinn, ich kann es immer noch nicht fassen, dass der Sascha so viele Menschen umgebracht haben soll", ergriff Melanie wieder das Wort. „Ich wusste zwar, dass er ein Einzelgänger war, aber ein eiskalter Mörder?"

„Leider können wir unseren Mitmenschen nur gegen den Kopf schauen und nicht hinein", gab Roger zu bedenken.

„Da hast du Recht. Aber ich kann es trotzdem nicht begreifen. Wenn ich nicht noch bei der Abschlussfeier neben ihm gesessen hätte! Er war total nett und relaxed."

„Ach ja?" Roger öffnete die Bierflasche und schüttete sich das Glas voll.

„Ja, er hat die ganze Zeit davon erzählt, dass er sich ein Cabrio kaufen wollte. Wir haben echt lange miteinander geredet, bis dann der Schrei ertönte. Danach sind alle aufgesprungen und nach draußen gelaufen, wo er auf den Pflastersteinen gelegen hat, der arme Rainer."

Roger hatte gerade einen Schluck trinken wollen, stellte das Glas jetzt aber wieder ab.

„Na ja, aber irgendwann muss Sascha doch rausgegangen sein", sagte er.

Melanie überlegte kurz und antwortete dann: „Nein, nicht dass ich wüsste. Jedenfalls nicht, während ich neben ihm saß."

„Auch nicht, um eine zu rauchen, oder um kurz auf die Toilette zu gehen?"

„Nein, ich bin mir ganz sicher. Er ist nicht rausgegangen. Wir waren so in unsere Unterhaltung vertieft …"

„Warte mal", sagte Roger vorsichtig. „Du hast wirklich die ganze Zeit neben ihm gesessen?"

„Wenn ich es dir doch sage!"

„Bitte denk jetzt genau nach. Dies ist extrem wichtig. Hast du auch neben ihm gesessen, als der Schrei ertönte?'

„Ja, ganz bestimmt. Da bin ich mir hundertprozentig sicher. Obwohl es ja eigentlich merkwürdig ist und gar nicht sein kann, oder? Ich meine, weil er doch irgendwann rausgegangen sein muss, wenn er den armen Rainer ermorden wollte? Aber ich kann mich wirklich nicht erinnern, dass dem so war."

„Zum Wohl, Roger", unterbrach Axel ihr Gespräch. „Ist doch auch egal, ob er rausgegangen ist oder nicht. Hauptsache es ist vorbei. Was ist nun, gehen wir nachher noch ins Cubiculum?"

„Zuerst essen wir die Schnittchen, Axel", sagte Roger. „Wenn sich Regina schon so viel Mühe macht ..."

Er hob sein Glas. „Prost, ihr beiden."

„Darauf, dass es endlich zu Ende ist. Igitt! Was ist das denn?", sagte Axel und starrte auf das Etikett seiner Flasche. „Das ist ja alkoholfreies Bier. Ich hasse alkoholfreies Bier!"

Roger war mit seinen Gedanken allerdings ganz woanders. Er musste dringend mit Laubach sprechen ...

Achtundzwanzigstes Kapitel

19.30 Uhr

„Hat da jemand eben alkoholfreies Bier gesagt?", fragte Regina, die Axels Kommentar gehört hatte.

„Das kommt wohl nicht so gut an heute Abend", meinte Dieter, während er zusah, wie Regina einige Brötchenhälften mit Butter bestrich. Sorgsam legte sie Käse, Wurst und Schinken darauf, gab noch ein wenig Grünzeug wie Gurken und Salat dazu und fertig waren die Schnittchen. Fehlten noch die Kartoffelchips ...

„Wie konntest du auch nur alkohohlfreies Bier kaufen? Das geht doch gar nicht. Kein Wunder, dass sich Axel darüber aufregt."

„Verdammt! Ich muss die Flaschen verwechselt haben. Sehen auch alle irgendwie gleich aus!"

„Nur das bei den Sixpacks, die du gekauft hast, eben alkoholfrei draufsteht."

„Ich Schussel! Und was machen wir jetzt?"

„Ist doch kein Problem. Wir nehmen meinen Wagen und fahren schnell zur Tankstelle. Dort bekommen wir sicher noch richtiges Bier. Ich helfe dir auch tragen ..."

„Das ist wirklich lieb von dir, Dieter. Warte, ich sage nur

schnell den anderen Bescheid."

Sie brachte die fertigen Schnittchen und die Kartoffelchips in ihre gute Stube. Melanie und Axel unterhielten sich noch immer über Sascha. Roger saß irgendwie teilnahmslos neben den beiden und starrte auf sein Bierglas.

„Na, so schlimm ist es doch auch wieder nicht", scherzte Regina. „Ein einziges alkoholfreies Bier werdet ihr doch wohl verschmerzen können! Bedient euch schon mal bei den Schnittchen hier. Ich habe auch noch eine Flasche Wein im Kühlschrank. Dieter ist so lieb und fährt mal eben mit mir zur Tankstelle. Danach bekommt ihr auch richtiges Bier!"

Axel jubelte und Roger nickte ihr wohlwollend zu. Regina griff nach ihrer Jacke, die an der Garderobe hing. Dieter stand bereits auf der Türschwelle. „Also dann, fahren wir", sagte er.

Sie gingen nach unten auf die Straße.

„Wo steht denn dein Wagen?", fragte Regina.

„Da hinten, auf dem Kundenparkplatz der Sparkasse. Direkt vor deinem Haus war leider keine Parkbucht mehr frei."

Sie gingen ein paar Schritte. Die Sparkassenfiliale lag etwa einhundert Meter von Reginas Zuhause entfernt. Auf dem Kundenparkplatz stand nur ein grauer Mitsubishi SUV. Dieter nahm einen Schlüssel aus seiner Hosentasche und drückte auf den Knopf im oberen Teil der Plastikverkleidung. Prompt blinkten die Lampen des grauen Mitsubishis auf und die Türen entriegelten sich. Regina staunte nicht schlecht.

„Jetzt erzähl mir aber nicht, dass das hier dein Auto ist", sagte sie anerkennend, während sie sich auf den Beifahrersitz schwang und nach dem Gurt zum Anschnallen suchte.

„Ich habe immer gedacht, du besäßest nur ein Fahrrad?"

„Wie man sich täuschen kann, was? Leider gehört der Wagen in Wirklichkeit nicht mir, sondern der Apotheke, bei der ich manchmal jobbe. Der Chef ist ein alter Freund von mir und leiht mir schon mal seinen Wagen. Manchmal fahre ich ihn sogar mehrere Tage, nämlich dann, wenn ich Botenfahrten zu erledigen habe."

„Kein schlechter Job", erwiderte sie und sah zu, wie er losfuhr ohne sich anzuschnallen. Sie deutete auf den Gurt und blickte ihn fragend an.

„Ach was", sagte er. „Für diese kurzen Fahrten schnalle ich mich doch nicht an. Bei meinen Botenfahrten muss ich sowieso dauernd ein- und aussteigen ..."

„Haben sie dich denn noch nie erwischt?"

„Bis jetzt noch nicht. Und falls ich einen Bullen sehe, dann ist meine Hand schnell am Gurt hier, siehst du?"

Seine Hand berührte wie zufällig Reginas Arm, bevor sie beim Gurtschloss landete. Dann packte er das Steuer wieder. Sie bogen in die Hauptstraße ein. Regina schmiegte sich in den weichen Ledersitz. „In dem höher gelegten Fahrzeug fühlt man sich wie auf einem Thron", gurrte sie. „Da vorne gleich links und noch ein Stückchen die Mosel entlang, da ist dann gleich auf der rechten Seite die Tankstelle."

„Ich weiß", sagte Dieter neben ihr und gab ordentlich Gas. Der Wagen rauschte nach vorne, erreichte die Einfahrt der Tankstelle, dort stieg Dieter in die Bremsen und fuhr langsam zu einer freien Zapfsäule.

„Kümmere dich schon mal um das Bier. Ich werde schnell

tanken, dann brauche ich das morgen nicht zu tun. Zahlt sowieso alles mein Chef", sagte er und grinste. Regina stieg aus dem Wagen, kaufte drei Sixpacks und kam zurück ins Auto. Dieter war schnell fertig und schon waren sie wieder auf dem Rückweg. Diesmal bog er an der Mosel rechts ab und stand prompt vor einer roten Ampel.

„Also dann zurück in deine schöne Wohnung", sagte er. „Die anderen warten sicher schon auf den Nachschub." Er deutete auf die Sixpacks.

„Findest du meine Wohnung wirklich schön?", fragte Regina.

„Eigentlich schon …"

„Na ja, als Angestellte eines Maklerbüros muss ich ja auch …"

„Du meinst repräsentieren?" Er grinste. „Dann würde ich zuerst diese vielen Stofftiere entfernen. Die finde ich nämlich furchtbar."

Regina musste lachen. „Da bist du sicher nicht der einzige. Sieht ein bisschen aus wie in einem Museum in meiner Bude, nicht wahr?"

„Ganz genau, und vielleicht fühle ich mich auch deshalb ein wenig fehl am Platz. Ich mag keine Museen."

„Manche der Viecher sind ganz schön hässlich, was?"

„Ja, und erst die alten Puppen!"

„In der Tat …"

Sie zögerte einen Augenblick. „Moment mal, Dieter. Woher weißt du denn von den Puppen? Ich habe sie doch extra in meinen Schlafzimmerschrank gesteckt, bevor ihr gekommen seid."

„Melanie hat mir davon erzählt."

„Ach so, dann ... Ich hab die Puppen schon ewig lang. Mit denen hatte bereits meine Mutter gespielt, als sie klein war."

„Das ist aber keine Entschuldigung, sich mit solch einem Krempel zu umgeben."

„Aber ich kann sie doch nicht einfach wegwerfen! Immerhin sind das Familien-Erbstücke."

Plötzlich war es wieder da, dieses seltsame Gefühl. Wie bei der Wanderung im Wald. Irgendetwas stimmte nicht mehr. Sie konnte sich allerdings keinen Reim darauf machen, was es war. Ihr wurde heiß und kalt. Sie öffnete das Seitenfenster, um besser atmen zu können. Die Ampel schaltete auf Grün. Dieter sah sie von der Seite an, dann trat er wieder aufs Gas. Regina spürte seinen Blick, und sie konnte fühlen, wie sie eine Gänsehaut bekam.

„Melanie hat die Puppen niemals zu Gesicht bekommen", sagte sie leise.

Dieters Gesichtsausdruck veränderte sich schlagartig.

„Ach, hat sie nicht? So ... das ist aber wirklich schade ..."

Sie sah ihn an, bemerkte das Funkeln in seinen Augen. Sie fröstelte. Ein eisiger Schauer kroch ihr den Rücken hinauf.

„Es gibt nur eine Erklärung, wieso du von den Puppen weißt. Du warst es. Du bist bei mir eingebrochen," sagte sie noch leiser. Es klang eher wie eine Frage. Sie spürte, wie Panik in ihr hoch kroch. Sie wollte nur noch raus aus dem Fahrzeug, doch Dieter griff mit der rechten Hand nach ihr und hielt sie fest umklammert. Regina kreischte und schlug wild um sich. Für einen Moment kam sie frei, versuchte die Beifahrertür zu öffnen, doch das war glatter Wahnsinn bei dem hohen Tempo, das Dieter fuhr. Außerdem ließ sie sich nicht öffnen. Wieder griff Dieter nach ihr. Diesmal packte er sie direkt am Hals. Sie röchelte, versuchte ihn von sich zu stoßen. Es gelang ihr nicht. Der Wagen schleuderte, aber Dieter bekam ihn wieder in den Griff. Jetzt drückte er noch fester zu. Regina bekam fast keine Luft mehr. Sie schlug auf ihn ein, doch ihre Schläge erzielten kaum Wirkung, außer, dass er wieder Schlangenlinien fuhr. Sie fühlte, wie ihr schwindelig wurde. Mit einem Mal hatte sie ihren Fuß auf seinem. Mit aller Kraft, die sie besaß, trat sie zu, drückte seinen Fuß und damit das Gaspedal nach unten. Der Wagen sauste nach vorne und schleuderte. Erschrocken ließ Dieter ihren Hals los und griff nach dem Steuer. „Regina … nicht!", brüllte er und stieg in die Eisen, doch es war zu spät. Der Wagen stieß auf die Bordsteinkante und bäumte sich förmlich auf. Dieter versuchte das Lenkrad herumzureißen, ohne Erfolg. Dann hob ihn ein gewaltiger Aufprall aus dem Fahrersitz und schleuderte ihn gegen die Windschutzscheibe.

20:15 Uhr

Roger zuckte zusammen. „Habt ihr das gehört? Das war doch ein Wahnsinnsknall gerade!"

Melanie und Felix sprangen vom Sofa auf und liefen zum Fenster. „In der Tat. Da muss etwas passiert sein!"

Sie rissen die Gardine zur Seite, drängelten sich vor die Glasscheibe und blickten hinaus. Nicht weit von Reginas Haus entfernt hatte sich ein grauer Geländewagen um eine alte Eiche gewickelt.

Roger war der erste, der reagierte. Er griff nach seinem

Handy und sendete einen Notruf. Dann wandte er sich an Melanie und Axel. „Los, worauf wartet ihr noch? Sehen wir nach!"

Gemeinsam rannten sie zur Tür, hechteten die Treppe hinunter, zwei bis drei Stufen auf einmal nehmend. Draußen vor dem Unfallwagen spürte er, wie es ihm kalt über den Rücken lief, als er sah, um wen es sich bei dem Unfallfahrer handelte. Dieters Oberkörper hing aus der völlig zerstörten Windschutzscheibe heraus. Der Rest von ihm befand sich noch im Inneren des Wagens. Er war bewusstlos und bewegte sich nicht. Wo war Regina? Aufgeregt liefen sie um den Wagen herum. Sie saß noch auf dem Beifahrersitz, reglos, offensichtlich nur gehalten von dem Gurt. Roger zögerte keinen Augenblick. Mit ein paar Schritten war er bei ihr. Gott sei Dank, sie lebte.

Der Rest ging irgendwie sehr schnell. Sirenen ertönten. Polizei, Notarzt und Rettungswagen erschienen. Regina wurde sofort ins Krankenhaus gebracht, Roger begleitete sie. Bei Dieter war ein Abtransport nicht ganz so einfach. Er musste zuerst aus dem Autowrack befreit werden. Das besorgten Spezialisten der Feuerwehr, die ebenfalls mittlerweile eingetroffen waren. Um ihn stand es sehr schlecht. Er hatte schwere Schnittverletzungen abbekommen, sein Atem ging nur noch gering. Der Notarzt war nicht sicher, ob er überhaupt durchkommen würde. Die Unfallstelle wurde großräumig abgesperrt. Niemand wusste, was genau geschehen war.

Neunundzwanzigstes Kapitel

Regina lag im Krankenhaus und fühlte sich hundeelend. Überall an ihrem Körper hingen Schläuche, die zu irgendwelchen Maschinen führten. Was war geschehen? Nur ganz langsam kehrte die Erinnerung zurück. Da war der graue SUV, Dieter und die Geschichte mit den Puppen, sein verzerrtes Gesicht ... das konnte einfach nicht wahr sein. Und doch war es so. Er hatte sich selbst verraten. Er war in ihrer Wohnung gewesen und er war es demnach auch, der den armen Sascha ermordet hatte, um seine Taten auf ihn zu lenken. Doch warum bloß? Ihr freundlicher Studienkollege Dieter Braun war ein Massenmörder. Sie konnte es noch gar nicht fassen. Bevor sie weiter denken konnte, öffnete sich die Tür und Roger trat in ihr Zimmer.

„Regina, mein Gott, du machst vielleicht Sachen! Wie geht es dir?"

„Hallo, Roger! Gut, dass du gekommen bist. Ich weiß nicht, alles ist so komisch. Wir hatten einen Unfall. Dieter ist ..."

„Ich weiß schon Bescheid, Regina. Du darfst dich jetzt nicht anstrengen. Dieter ist zu schnell gefahren!"

Sie sah ihn entgeistert an. „Das ist es nicht, Roger. Ich meine, natürlich ist er zu schnell gefahren. Ich war es, die auf das Gaspedal getreten hat."

„Du?" Roger verstand die Welt nicht mehr. Er streichelte vorsichtig ihre Wangen, als er sah, wie sie zitterte und anfing zu weinen.

„Du stehst noch unter Schock, Regina", sagte er vorsichtig.

Sie versteifte sich, sah ihn fast zornig an. „Darum geht es doch gar nicht, Roger! Er war es, er hat all die Morde begangen."

Roger riss die Augen auf. „Wer?", fragte er.

„Dieter! Er war bei mir in der Wohnung und hat mich während der Fahrt in seinem Wagen angegriffen. Ich habe keinen Ausweg mehr gesehen. Deshalb habe ich mit aller Kraft auf seinen Fuß getreten. Ich bin schuld an dem Unfall, Roger, aber er hat es verdient. Bitte glaub mir, er hätte mich umgebracht."

„Bist du dir sicher, Regina?"

Sie nickte und bekam gerade noch mit, wie er zu seinem Handy griff. Dann wurde es wieder schwarz vor ihren Augen.

Auf der Intensivstation schwebte Dieter zwischen Leben und Tod. Melanie und Axel saßen draußen auf dem Gang und warteten auf Neuigkeiten. Auch sie konnten sich den Unfall nicht erklären. Ein Mann in einem weißen Kittel kam auf sie zu.

„Sind Sie Angehörige von Dieter Braun?", wollte er wissen.

„Nein, wir sind nur mit ihm befreundet", sagte Axel. „Können wir ihn trotzdem sehen?"

„Ja, aber nur ganz kurz. Und bitte ziehen Sie sich die Schutzkittel über. Wir sind hier auf der Intensivstation."

Sie zogen sich die Kittel über und betraten den Raum.

Dieter verschwand fast unter Maschinen und Verbänden. Sein Gesicht war eine Maske aus genähten Schnittwunden und Pflasterstreifen. Er hatte die Augen offen, schien sie aber nicht wahrzunehmen. Sie blieben zögernd nahe der Tür stehen.

„Lass uns besser wieder gehen", sagte Melanie. „Du siehst doch wie krank er ist."

Ein höhnisches Lachen kam gepresst aus Dieters Mund. „Von wegen krank!", sagte eine Stimme, die ihnen fremd klang. „Ihr seid diejenigen, die krank sind! Ihr unterstützt die Schwächlinge und die Versager dieser Welt. Ich wollte sie davon befreien. Einer musste es ja schließlich tun. Aber das werdet ihr niemals verstehen!"

„Wovon redest du?", fragte Melanie beklommen. „Was meinst du damit?"

„Unnütze, elende Schmarotzer. Überflüssiges Gesindel. Schwächlinge. Ich habe die Welt davon zu befreien versucht", sagte die gehässige Stimme.

Axel und Melanie starrten sich entgeistert an. Das konnte doch nicht wahr sein. „Du bist das gewesen, Dieter?", fragte Axel entsetzt. „Du hast alle diese Leute umgebracht, die in der Zeitung standen, nicht Sascha? Aber wie konntest du nur? Warum? Ich halt das nicht aus, hörst du! Kannst du mich verstehen?" Er hielt sich die Hände vors Gesicht. Melanie fing zu weinen. Die Maske grinste sie an.

„Sagen wir mal so, ich hab nur ein wenig aufgeräumt und versucht die ursprüngliche Ordnung des Lebens wieder herzustellen. Die Starken überleben und die Schwachen gehen unter, so einfach ist das."

„Aber warum gerade du?", fragte Melanie hilflos.

Er blickte sie wutverzerrt an. „Weil es nun mal jemand tun musste, ihr Schwachköpfe! So ging es doch verdammt noch mal nicht mehr weiter! Ich habe in meiner Kindheit erfahren, was Schwäche bedeutet. Mein Vater hat mich geschlagen, weil er meinte, dass ich nicht normal war, wie er immer sagte. Er hat mich tagelang in den Keller gesperrt und verprügelt. Und ich habe verstanden, dass ich stark sein muss. Nur die Starken können überleben, die anderen sind es nicht wert. Als ich sechzehn war, habe ich ihn erstochen. Dies war mein erster Mord, und es war ganz einfach. Außerdem hat es mir gefallen, ihn winseln zu sehen. Daraufhin habe ich weiter gemacht und zunächst meine Taten als Unfälle aussehen lassen. Das war stinkeinfach. Die blöden Bullen haben nie etwas gemerkt. Dann ist es mir langweilig geworden. Bei einem Spaziergang im Wald habe ich Knochenreste und vergrabenen Schmuck gefunden. Da waren mehrere von diesen Taijitu-Ketten. Die habe ich mitgenommen, und ein paar Goldteile, die ich einschmelzen und unauffällig zu Geld machen konnte. Das hat mir meine Aufgabe sehr erleichtert. Geld haben auch nur die Starken. Yin und Yang steht für Gegensätze. Ich bin der starke, der schwarze Teil des Musters, und die anderen sind die schwachen, der weiße Teil. So einfach ist das. Von da an habe ich beschlossen, dieses Emblem als Markenzeichen für meine Taten zu benutzen."

„Und warum hast du Rainer getötet?", fragte Axel. „Ich hatte immer den Eindruck, du mochtest ihn, und er dich auch."

Das zerstörte Gesicht verzog sich zu einem gespenstischen Lächeln. „Komisch, dass ihr das denkt!", flüsterte Dieter. „Da-

bei ist das der eine Tod, für den ich ganz sicher nicht verantwortlich bin! Ich habe Rainer geliebt, wir waren ein Paar.
Während der Abschlussfeier hat mir Rainer gestanden, dass
er ein Verhältnis mit Sascha Rieger hat, und darüber sind wir
in Streit geraten. Er hat sich von diesem verdammten Balkon
gestürzt. Ich konnte nichts tun. Es war Selbstmord, ich
schwör`s. Sascha hat ihn auf dem Gewissen!"

„Und da hast du ihn einfach kalt gemacht und es ebenfalls
wie Selbstmord aussehen lassen, nicht wahr? Darin hattest
du ja reichlich Übung."

„Jetzt verstehe ich auch, wie es wahr!", setzte Axel noch
einen drauf. „Der Abschiedsbrief, der bei Sascha Rieger lag,
war gar nicht für uns bestimmt gewesen. Den hat dir Rainer
geschrieben, bevor er von dem Balkon gesprungen ist! Verdammt clever, Dieter, aber jetzt ist es aus. Man wird dich ein-
buchten, dein ganzes Leben lang."

Aus dem zerschundenen Körper drang ein hämisches, lei-
ses Lachen. Auf einmal ging alles rasend schnell. Dieters Hände fuhren hoch, schlugen gegen die Schläuche und Kanülen,
rissen sie heraus. Sein Körper bäumte sich auf, rutschte zur
Seite und fiel aus dem Bett. Während Melanie wie wild schrie
und der Alarm schrillte, breitete sich unter ihm eine Blutlache
aus. Männer und Frauen in weißen Kitteln stürmten in den
Raum, doch es war zu spät. Dieter riss noch einmal kurz die
Augen weit auf, sein Körper zitterte, dann zuckte er und sackte
in sich zusammen. Sein Kopf fiel zur Seite, die Zunge hing ihm
aus dem Mund und das anfänglich leise Röcheln erstarb zu einer unheimlichen Stille. Jeglicher Lebensgeist war aus ihm
gewichen. Der Serienmörder Dieter Braun war tot.

„Was um Himmels willen ist passiert?", fragte der Arzt, der vorher auf dem Flur zu ihnen gesprochen hatte.

„Ich weiß es nicht. Er hat erst noch zu uns gesprochen, und dann hat er ganz plötzlich verrückt gespielt."

Der Arzt blicke die beiden ungläubig an. „Wie verrückt gespielt?", fragte er. „In dem Zustand? Herr Braun hätte eigentlich nicht mal mehr imstande sein dürfen, auch nur den kleinen Finger zu krümmen."

Er schüttelte den Kopf und schob sie beide dann zum Ausgang. „Sie gehen jetzt besser raus und überlassen uns das Feld. Falls jemand von Ihnen beiden Hilfe benötigt, so wenden Sie sich bitte an eine Krankenschwester."

„Nein danke, ich glaube das ist nicht nötig, es geht schon wieder."

Axel, selbst halb benommen von den Geschehnissen, führte die schluchzende Melanie auf den Flur.

Draußen liefen sie Laubach und Roger buchstäblich in die Arme. Roger genügte ein Blick, um die beiden gleich zur nächsten Sitzecke zu lotsen, wo sie in der nächsten Viertelstunde ausführlich erzählten, was sie erfahren hatten.

„Das deckt sich mit dem, was mir Regina erzählt hat", sagte er schließlich leise. „Auch wenn wir nie mehr sicher erfahren werden, welche dieser ganzen Mordfälle auf Dieter Brauns Konto gehen."

Er wechselte einen Blick mit Laubach. Der nickte und meinte nur trocken: „Dieser Täter läuft uns nicht mehr weg. Ich denke, es wird reichen, wenn Sie morgen auf´s Revier kommen, damit wir Ihre Aussagen aufnehmen können. Ich betrachte diesen Fall als endgültig gelöst."

Axel nickte. „Ich komme direkt morgen früh zu Ihnen. Und was ist mit dir, Melanie? Wird es gehen?" Er legte ihr einen Arm um die Schulter.

„I... ich weiß nicht Axel. Ich kann das alles noch nicht richtig begreifen. Dieter ist tot, nicht wahr?", fragte sie verstört.

„Ja, er ist tot. Jetzt ist es endgültig vorbei."

Er küsste sie sanft auf die Stirn.

Epilog

Kriminalrat Schlesinger saß hinter seinem Schreibtisch und betrachtete Kurt Laubach mit wohlwollendem Blick. Er hätte gut und gerne der Direktor einer großen Firma sein können, der einem Angestellten sein Bedauern ausdrückte, weil wieder einmal so viele Überstunden anfielen.

„So, der Fall ist also endgültig erledigt", sagte er. „Meinen Glückwunsch. Die Dinge scheinen sich trotz Ihrer anfänglichen Fehlinterpretationen doch noch zum Guten gewendet zu haben, obwohl ich befürchte, dass es für Sie echt hart gewesen sein muss, dass es so lange gedauert hat."

Laubach verstand Schlesingers Glückwunsch als das, was es war, nämlich eine verdeckte Gardinenpredigt, und hatte keine passende Antwort dazu parat.

„Nun ja … es ist so, dass mich die beiden Anrufe zunächst ziemlich überrascht haben. Zuerst rief mich Herr Peters an und erzählte mir, wer der wahre Täter war, und dann bekam ich noch die Aussagen von Herrn Fichte und Frau Holtkamp. Die beiden erzählten mir eine schier unglaubliche Geschichte, die sich aber in weitgehenden Punkten mit den Angaben von Herrn Peters deckte. In meinem Beruf weiß ich nur zu gut, dass der äußere Eindruck grausam täuschen kann. Nur selten sind die Menschen, mit denen wir es zu tun haben, auch wirklich so, wie sie vorgeben zu sein."

„Das stimmt, Herr Kriminalrat", antwortete Laubach respektvoll. „Dieter Brand sah mir wie ein unscheinbarer, solider und völlig normaler Mensch aus, der zwar dazu gehörte, eigentlich aber viel lieber in Ruhe gelassen werden wollte. Er hat tatsächlich alle getäuscht."

„Natürlich hat er das, Herr Laubach. Er hat seine Rolle ja auch schon seit Jahren eingeübt und damit beinahe jedermann an der Nase herumgeführt. Wir haben übrigens herausgefunden, dass er früher einmal mit Bernd Schäfer, dem Toten vom Bahnübergang in Arloff, liiert war. Doch der fühlte sich anscheinend zu beiderlei Geschlechts hingezogen und muss sich dann für Lena Ullrich entschieden haben. Damit hat er nicht nur sein, sondern auch ihr Todesurteil unterschrieben. Lena Ullrich war in Dieters Augen eine Schmarotzerin und passte somit perfekt in das Profil seiner Opfer. Dass er dann auch noch auf die Zeugin Frau Biedermann geschossen hat, interpretiere ich als Frustreaktion."

„Ich verstehe", erwiderte Laubach. „Und dann hat er wahrscheinlich auch frühzeitig begriffen, warum ich jemanden in den Spanisch-Kurs an der Volkshochschule geschleust habe ..."

„Sie haben was getan, Herr Laubach? Ich wusste gar nicht, dass der Kollege Sigismund solche schauspielerischen Fähigkeiten besitzt!"

„Äh ... es war nicht der Kollege Schwarz... äh, Sigismund."

„Ach nein? Wer war es denn? Doch nicht etwa ein Kollege

aus einem anderen Dezernat?"

„N…nein."

„Also, nun spucken Sie´s schon aus, Herr Laubach."

„Sie kennen doch meinen alten Schulfreund Roger Peters. Er war damals selbst betroffen, als man seine Lebensgefährtin Edith entführt hatte …"

„Ja, und?"

„Nun, Roger hat damals gute Spürarbeit geleistet, und da habe ich ihn diesmal …"

Kriminalrat Schlesinger glaubte nicht richtig zu hören. „Sagen Sie mir nicht, Sie hätten einen Laien mit Ermittlungsarbeiten betraut!"

„Nicht direkt, Herr Kriminalrat. Er hatte angeboten, sich in Trier ein wenig umzuschauen. Und das konnte ich doch nicht ablehnen."

„Das ist eindeutig gegen die Dienstvorschriften, Herr Laubach!"

„Ich weiß, aber es ist doch alles gut gegangen und wir haben den Fall gelöst …"

„Sie haben sehr leichtsinnig gehandelt und Unbeteiligte in größte Gefahr gebracht", unterbrach Schlesinger ihn schroff. „Wenn ich da nur an Frau Schröder denke! Wenn der was passiert wäre, nur weil sie einen Zivilisten hinzugezogen haben, hätte uns die Presse massakriert. Sie hatten die Situation nicht im Griff, Herr Laubach!"

„Wer konnte denn auch ahnen, dass ausgerechnet einer ihrer Studienkollegen …"

„Das hätten Sie selber herausfinden müssen!"

„Ich glaube nicht, dass er es überhaupt auf die Kleine abgesehen hatte. Jedenfalls noch nicht zu dem Zeitpunkt, als Roger ihn kennenlernte. Offensichtlich wollte er sie erst später als Druckmittel benutzen, um Herrn Peters von weiteren Nachforschungen abzuhalten."

„Aha."

„Aber dann ist ihm doch ein winziger Fehler unterlaufen, mit dem er sich verraten hatte. Er hätte niemals die alten Puppen erwähnen dürfen, denn die konnte er nur gesehen haben, wenn er schon einmal vorher in Frau Schröders Wohnung war."

Kriminalrat Schlesinger nickte, aber seinem Tonfall nach war er immer noch nicht besänftigt. „Ein Fehler, ohne den Sie vermutlich bis heute nicht den wahren Mörder gefunden hätten. Und später konnten weder ihr famoser Freund noch Sie selbst verhindern, dass er verstarb, bevor wir auch nur eine Chance gehabt hätten, ihn zu verhören."

„Wer kann schon einen Unfall voraussehen, Herr Kriminalrat?"

Schlesinger stand auf und öffnete ein Fenster. Laubach den Rücken zuwendend, zündete er sich eine Zigarette an. Dann drehte er sich wieder zu ihm um. „Das spielt jetzt auch keine Rolle mehr, Herr Laubach. Ihre Aufgabe war es, den Kerl zu stoppen, und das haben Sie letztendlich erledigt. Ob ich mit Ihren Methoden einverstanden bin, dass sei mal dahingestellt. Daher stellt sich mir nun die Frage was weiter mit Ihnen geschieht."

Laubach verstand kein Wort. „Wie, was weiter mit mir geschieht?", fragte er. „Was meinen Sie damit?"

Kriminalrat Schlesinger schmunzelte. „Nun, was würden Sie davon halten, wenn wir Ihren Herrn Peters ganz offiziell für uns arbeiten lassen würden?"

Laubach glaubte, nicht richtig gehört zu haben. „Roger soll bei der Polizei anheuern, ist das Ihr Ernst?"

„Nun, es wird immer wieder solche Fälle geben. Manche werden leichter, manche noch schwieriger sein als dieser ... Und mir scheint, Sie beide ergänzen sich recht gut. Natürlich würde Herr Peters nur als Berater eingestellt, nicht als Ermittler, dass das klar ist!"

Schlesinger blickte ihn durchdringend an.

„Roger Peters und hier anfangen?", wiederholte Laubach vorsichtig. „Da wird doch irgendwo ein Haken sein!"

„Äh ... nein", antwortete Kriminalrat Schlesinger und lächelte. „Er würde nur mit Sigismund zusammenarbeiten müssen."

Jetzt lächelte auch Kurt Laubach. „Gott bewahre! Wusste ich`s doch gleich!"

Auch woanders freute sich jemand, dass die Sache ausgestanden war. Das mit dem anonymen Anruf wegen der skelettierten Leiche war Blödsinn gewesen und hätte leicht schief gehen können.

Einen Moment falscher Sentimentalität.

Mehrere Male hatte die Polizei daraufhin den Wald durchkämmt, und er hatte sich wochenlang nicht getraut, wieder etwas anzufangen.

Aber das war abgehakt, er hatte jetzt wieder freie Bahn.

Der junge Mann nahm seine Begleiterin an die Hand und zog sie mit sich in den Wald.

„Komm, beeilen wir uns! Ich will dir etwas Schönes zeigen ..."

Dieses Mal würde es besser klappen. Er grinste vor sich hin. Erdlöcher und ausgehobene Gräben im Wald würde er in Zukunft zu meiden wissen.

ENDE

ÜBER DEN AUTOR

Peter Splitt wurde am 09. September 1961 in Remscheid geboren und verbrachte seine Kindheit und Jugendzeit im Bergischen Land. Nach einer technischen sowie kaufmännischen Berufsausbildung wechselte er in die alte Bundeshauptstadt Bonn und erlangte dort Sprachdiplome in Englisch, Spanisch und Portugiesisch. Neben Musik, Literatur und Antiquitäten wurden Reisen in ferne Länder zu seiner großen Leidenschaft. Besonders Lateinamerika mit seinen Menschen und Gebräuchen sowie den Jahrtausend alten Hochkulturen finden immer wieder seine Begeisterung. Seit mehr als zehn Jahren lebt er nun teilweise in Lateinamerika und in seiner Wahlheimat am Rhein. Unter dem Motto „Vom Rheinland und der Eifel in die weite Welt" schreibt er Abenteuergeschichten, Thriller und spannende Krimis aus der Region.

Inhaltsverzeichnis